Lea Baerens

KLEINE TEXTE

Die besten Geschichten
schreibt das Leben

Lea Baerens, 1977 in West-Berlin geboren, wuchs zwischen Leinwand und Farben inmitten der damaligen Kreuzberger Künstlerszene, einer modernen Arztpraxis im Rheinland und freier Natur an der deutsch-luxemburgischen Grenze auf. Ihre ersten Buch-Illustrationen mit Bild und Schrift verfasste sie im Alter von gut vier Jahren, wenig später erste längere Briefe in Lautschrift. Heute umfasst ihr privates Werk Gedichte, Kurzgeschichten, einen mehrteiligen Roman, autobiografische Notizen, sowie Bilder, Skizzen, Fotografien und Mode-Design.

Als promovierte Kunstwissenschaftlerin und mit einem Master of Business Administration (MBA) publiziert Lea Baerens parallel zu ihrem privaten Werk im Geisteswissenschaftlichen und als Ko-Autorin einer medizinischen Universitäts-Forschungsgruppe. Längere USA-Aufenthalte seit der Jugend, darunter als Post-Graduate Fellow an der Harvard University, Cambridge, legten den Grundstein für ihr bilinguales – deutsch-englisches – Werk.

Lea Baerens lebt aktuell mit ihrem Partner in der Nähe von Frankfurt am Main. Ihr Sohn ist erwachsen. Partner und Sohn widmet Lea Baerens ihr gesamtes privates Werk in Wort & Schrift, Bild, Foto und Design.

Kontakt zur Autorin: dr.lea.baerens@web.de

Von Lea Baerens liegen bei BoD vor:

GENESIS # Der Schaffensmoment eines Gedichts (9783751904513)

RAUM & FIGUR bei BECKMANN & MIES VAN DER ROHE (9783751901000)

POEMS # Liebe.01 & Liebe.02 (9783751900416)
POEMS # Familie&Familiäres * kurz gedacht * last supper (9783751900430)
POEMS # aufgeschrieben * dialog(e) * der.die.da * gesagt_getan (9783751900447)

NOTIZEN # Erotik (9783751900386)
NOTIZEN # Du * Notizen (9783751900409)

KLEINE TEXTE # Die besten Geschichten schreibt das Leben (9783750495074)

Lea Baerens

KLEINE TEXTE

Die besten Geschichten schreibt das Leben

Books on Demand, Norderstedt

Bibliografische Information der Deutschen Nationalbibliothek:
Die Deutsche Nationalbibliothek verzeichnet diese Publikation
in der Deutschen Nationalbibliografie; detaillierte bibliografische Informationen sind im Internet über http://dnb.dnb.de abrufbar.

Originalausgabe
2. Auflage 2020
© 2020 Lea Baerens
Umschlag/Bildredaktion: © Lea Baerens
Umschlagabbildung: © Lea Baerens
Abbildung Umschlagrückseite: © Lea Baerens
Satz und Litho: © Lea Baerens
Porträtfoto: Foto Gregor, Köln
Herstellung & Verlag: BoD – Books on Demand, Norderstedt
Printed in Germany ISBN 9783750495074

KLEINE TEXTE – Inhaltsverzeichnis

Die Unendlichkeit des Himmels

Ein leichter Windhauch. Kühl über der Wange.
Die Augen auf – nach oben.
Sanft wiegt sich der geometrische Körper aus Stroh
unter der Lampe.
Mein Opa hat ihn gebaut. Platons Zwanzigeck.
Was dieser sich wohl sonst noch ausdachte?

Knarren im Flur.
Ich halte die Luft an.
Die alten Eichendielen verraten jeden.
Doch es sollte niemand da sein.
Herzpochen.
Der Totenschädel.
Tür oder Totenschädel?
Ich kann nur in eine Richtung schauen. Mein Opa hätte es besser
wissen sollen – eine Blickachse. Totenschädel.

Oben auf seinem Sekretär.
Direkt neben dem alten Globus.
Mit diesen eigenwilligen Randbemerkungen auf dem Ring darum.
Das sei für die Sternenkarte wichtig. Die hängt daneben an der
Wand. Den großen Wagen erkenne ich schon.

Das Schreibpult ist geöffnet. Nur seine Minenbleistifte darauf. Kein
Papier.
Was tut er so Geheimes?
Warum darf der Totenschädel zuschauen – und ich nicht...
Oder vergisst er ihn beim Schreiben und Zeichnen?

Knarren, diesmal näher.

Ich dürfte nicht alleine hier drinnen sein.

Es ist sein Studierzimmer.

Mit der extra hohen Klinke an der Tür.

Im Schatten zwischen Schrank und Wand sieht er mich nicht.

Die Wand ist kalt.

Gänsehaut.

Nur nicht die alte Vase anstupsen.

Er sieht nicht mehr gut, hört aber bestens.

Spinnweben an meinen Beinen, wie ich die verabscheue. Augen zu.

Nicht an all die Spinnen hier im Haus denken.

Ich zähle die Ecken des platonischen Körpers unter der Lampe vor meinem inneren Auge. Den Würfel, das Achteck, mag ich am liebsten.

Der sei ihm zu einfach –

aber alle anderen passen da doch gut rein...

Er kramt in seinem Schreibtisch.

Das Geräusch ist mir fremd.

Mit einem Ruck ist die Schreibplatte zu. Jetzt kann ich noch nicht einmal in die Schublädchen dahinter schauen.

Erst als die Haustür unten ins Schloss fällt, wage ich mich hervor.

Fester Blick in die Augenhöhlen des Totenschädels. Gemeinheit –

erst wenn man tot ist,

darf man gucken.

Ob der wohl hart ist, so wie mein Kopf?

Ich weiß, der kann mir nichts mehr verraten.

Also auch nicht, dass ich gerade hier bin.

Unerlaubterweise. Mucksmäuschenstill bin ich trotzdem.

Ob in den ganzen Büchern in den Regalen alles drinsteht, was man für den Globus, den Totenschädel und die Sternenkarte wissen muss?

Irgendwann werde ich auch Lesen lernen.

Und Schreiben.

Aber wie man einem die Brust abhört und den Puls misst, und dass man in Ohren und in den Hals gucken kann, wonach man fragen muss, um eine Erkältung von anderen Dingen zu unterscheiden... Ach ja, und dass man sich etwas brechen oder einfach das Knie aufschlagen kann, das weiß ich schon. Und dass meine Oma besser nicht mitbekommt, wenn ich ein bisschen heiß bin, auch. Nur wenn's ernst ist, dann ist sie die beste Überlebensgarantie. Manchmal bespricht sie dann etwas mit meinem Opa. Er weiß mehr und sie kann's besser – soviel ist klar.

Angeblich ist unser Leben jetzt auch nur eine Zwischenepisode von etwas Größerem. Naja, er meint wohl Längerem. Von dem Davor spricht er wenig. Danach käme etwas Geistiges, also ohne Körper.

Aber eigentlich mag ich meinen Körper ganz gerne. Und ich bin auch gerne jetzt hier. Ich liebe die Gerüche der Natur. Und die Geräusche draußen. Und die Sonnenstrahlen auf meiner Haut. Das Sonnenlicht. Es kann die Welt verzaubern. Dinge zum Leuchten bringen, eigenwillige Schatten werfen.

So wie bei dem Totenschädel. Wenn die Augenhöhlen plötzlich ganz dunkel innen drinnen werden. Oder der Schatten an der Wand fast wie ein echter, also ein lebendiger Kopf aussieht.

Ob mein Uropa jetzt auch schon so aussieht?

Er meinte zwar, er würde für immer schlafen. Und auf dem großen Blumenbett sah er auch so aus, nur ein wenig blasser. Aber dann

kam er ja unter die Erde. Der Holzsarg wird nicht ewig halten...
Sein Totenkopf sieht zumindest schöner aus als der da – runder und
größer.
Ich durfte oft über seine Glatze streicheln.
Das war lustig.
Überhaupt hat er immer mit mir gelacht.
Ich musste ihm versprechen, damit nie aufzuhören
und für ihn immer mitzulachen.

Die Tür fliegt hinter mir ins Schloss. Vorsichtig an der Porzellanteller-
Wand meiner Oma vorbei.
Immerhin konnte ich sie überreden,
eine Wand zum Rennen frei zu lassen.
Die Glocken klingeln.
Autsch – die kleine Delle
im alten Eichentreppengeländer.
Egal, immer noch schneller als die Stufen.
Raus.
Räuberleiter am alten Pferdehaken in der Mauer.
Kurz horchen, kein Autogeräusch.
Runterspringen.
Geduckt bis zur Hauswand,
sie haben mich bestimmt gehört...
In der Kurve losflitzen.
Und wenn ich erst nach Oma und Opa zurück bin,
erspare ich mir auch den Ärger.

Ssstth. Er ist schon da.
Quer über die Straßen, Beine hoch anziehen durchs Gras, schnell
nach oben.
Runter, auch den Kopf.
Ich blicke in die großen, braunen Augen meines Freundes.

Er strahlt.

Da sind schon die Schritte.
Jemand ist mir gefolgt.
Immer das Gleiche nun.
Erst ganz nach oben, bis zu seinem Elternhaus, ein Bauernhof, dann
wieder runter.
Rufen, natürlich uns beide.
Und wieder hoch.
Und letztlich, zwischen der Kurve unten an der kleinen Dorfkapelle
und dem Hof oben, Lagebesprechung der Erwachsenen.
Diesmal verstehen wir jedes Wort.
Sie stehen direkt unter uns.
Mitten im Dorf ein toter Winkel.
Oberhalb eines alten Baumes hinter der Totenhalle.
So haben wir das kleine Häuschen am Ende des Dorffriedhofs ge-
nannt. Auch von oben sind wir nicht zu sehen.

Wie verrückt die Ideen der Erwachsenen über unser Versteckspiel
waren, hatten wir nicht erahnt.
Unsere Hände drücken sich fest ineinander.
Lachen geht jetzt nicht.
Irgendwann sind wir fast in einer Art Trance.
Dass sie sich jetzt auch noch übers Wetter und das allgemeine Befin-
den unterhalten müssen...
Immerhin haben sie uns schon wieder vergessen.

Die Kirchenglocke schlägt, wir zählen mit.
Dann ist seine Mutter jetzt gleich unterwegs – und wir können schnell
Proviant für den Tag holen. Teil des Rituals: Ist bis zum Mittagessen
die Hälfte eines kleinen Brotlaibes verschwunden, das Nutella-Glas
deutlich leerer und sein Emaillebecher nicht am Platz, leben wir noch.

Brot und Nutella sind also immer da.

Irgendwann entdecken wir dann auch die Einweckgläser in der Vor-
ratskammer. Die müssen nur heile zurück. Das geht am besten bei
sofortigem Verzehr, oben im Stroh in der Scheune überm Stall.

An diesem Tag wollen wir zum Fluss. Der große ist verboten alleine.
Das habe ich Oma und Opa versprochen. Zumindest bei viel Wasser
und an den tiefen Stellen.
      Wie Ertrinken sich anfühlt hatte ich schon zweifach erlebt.
In Polen in einem See. Ich hatte mir eine sehr skurrile Schwimmtech-
nik selbst beigebracht. Mehr bei den Hunden als den Erwachsenen
abgeguckt. Gegen den Strudel half das aber nicht. Ein polnischer Va-
ter zog mich buchstäblich am Hosenboden wieder raus.
Und dann an der Spree in Berlin. Ein kleiner Junge aus unserer
Straße. Weil von drüben geschossen wurde, traute sich nach seinem
Vater kein zweiter Erwachsener mehr ins Wasser, um ihn zu retten.

     Die Spree ist, wie der große Fluss hier im Ort, Grenzfluss.
In Berlin ist drüben der Osten. Und hier Luxemburg. Grenzzöllner und
amerikanische Soldaten gibt es beide Mal. Nur dass sie hier nicht in
großen Fahrzeugen immer mal wieder Patrouille fahren. Oder wie bei
dem Besuch von Ronald Reagan die ganze Stadt abriegeln.

Meinem Freund von diesen Dingen erzählen, geht nicht. Er ist ein wenig eifersüchtig auf meine Freundin in Berlin. Denn wenn ich nicht hier
bin, bin ich bei ihr. Wochenlang sogar über Nacht. In der großen Atelierwohnung ihres Vaters. Seine Kunstwerke entstehen in einem kleinen Raum, abgetrennt hinter einer Glaswand. Gucken ja, rein nein.
Alles klar. Umgekehrt ist sie eifersüchtig auf ihn.
    Also wandele ich alleine durch die Welten. Zwischenstopp ist immer
das Rheinland, Oma und Opa haben dort ihre Arztpraxis und ihr

Haus.

Die kleine Oma und der kleine Opa leben nur wenige Minuten weg. „Es gibt nichts Gutes, außer man tut es", sein Lebensmotto. Er ist nicht der Vater meiner Mutter, aber mein Opa. Er lacht, baut und spielt tagelang mit mir. Ich mag den Duft seines Aftershaves. Und seine weiche Haut. Er hat Stolz und Würde, und diese unglaubliche Wärme.

Wenn wir ankommen, steht er im Gang hinter meiner Oma. Wir schauen uns einfach an. Warten bis das Begrüßungsritual vorbei ist. Und wenn ich endlich in seine Arme flitzen darf, mache ich die Augen ganz fest zu. Ich kann sein Herz spüren. Es bubbert.

Er hat mir auch gegen den Willen der anderen Erwachsenen erlaubt, mit zur Beerdigung meines Uropas zu gehen. Mir liefen die Tränen runter, er hielt mich fest, ich erzählte ihm ganz leise, was mein Uropa mir zuletzt erzählt hat: Dass er der glücklichste Mensch auf Erden sei, weil sein sehnlichster Wunsch, eine Urenkeltochter wie mich zu haben, in Erfüllung gegangen ist. Dass er aber nun müde sei und außerdem Platz für andere Kinder machen müsse. Er wäre jetzt immer da, in meinem Herzen. Und durch mich.

Mein Opa fragt mich also, was meine Schwester denn mache, um ihren Willen zu bekommen.

Brüllen. Alles klar.

Ich lege seine Hände auf seine Ohren, er mag Lärm genauso wenig wie ich. Rutsche von seinem Schoss. Und brülle. Aus Leibeskräften. Funktioniert. Das kannte keiner von mir, also ist der Schreck ausreichend. Rein ins Auto. Kurz mitspielen, bis wir wirklich da sind. Kaum setzt sich die Menschenmenge in Richtung Grab in Bewegung, reiße ich mich los. Flitze bis zum aufgeschütteten Erdhügel vor. Ich finde das Loch zu tief, aber gut. Meine Oma weint. Ich nehme ihre Hand und erzähle ihr, dass ihr Vater mir das alles so erklärt habe, das sei schon in Ordnung.

Mein Freund kannte meinen Uropa. Und meine Oma und meinen Opa mag er auch. Sie lachen oft über unsere Abenteuer. Wenn wir zu viel anstellen, ist der alte Bennie immer Zufluchtsort. Er ist der ärmste Bauer im Dorf, aber der liebste. Er hat den Hof direkt über unserem Versteck hinter dem alten Baum. Manchmal überlegen wir, ob er uns vielleicht doch sieht und nur nicht verrät, wenn er von da oben den anderen Rufen hilft.

Heute wollen wir bei ihm vorbei. Im Stall nehmen wir noch ein Taschen-messer und Seile mit. Eigentlich auch nicht erlaubt. Aber Strickeflech-ten-Üben muss sein.

Auf dem Weg erzählen wir. Die vielen Stiefmütterchen auf den Gräbern vorhin. Die würde ich nicht wollen, mein Freund auch nicht. Lieber die wunderschönen Korn- und Mohnblumen, die Gänseblümchen- und Löwenzahnwiesen auf die Gräber bringen. Und die Butterblumen, die wilden Margeriten. Und meine Lieblingsblumen, die hellblauen Vergiss-meinnicht-Meere.
Gärtner werden, zusammen; und die ganzen Felder aufkaufen. Voller bunter Blumen pflanzen. Malen als sei es ein Bild. Eben nur aus Blu-men. Von den Bergspitzen könnte man gucken. Oder vom Flugzeug aus, auch wenn wir hier noch nie eins gesehen haben, außer den Dü-senjägern von den Amerikanern. Die mit tosendem Donner über einen hinweg sausen. Manchmal ganz tief. Und in Formationen. Am Ende vom Tal trennen sie sich, schießen zu zwei Seiten in den Himmel hoch, verschwinden kurz hinterm Berg und stürzen auf der anderen Seite wieder hinunter. In Reih und Glied.
Ich wüsste gerne, wie das in so einem Flugzeug ist. Mein Freund nicht. Ihm ist das unheimlich. Aber er kennt das Fliegen noch nicht.

Letztes Jahr bin ich das erste Mal alleine geflogen. Von Berlin aus. Ich habe unbedingt hierher gewollt – zu ihm. Im Flugzeug gehe ich seit einer Weile ins Cockpit sobald wir ruhig und sicher oben sind. Dass das geht habe ich auch durch lautes Gebrüll herausgefunden. Ich sollte auf den Schoss meiner Mutter und dort angeschnallt werden – nein, niemals. Der Pilot meinte, wenn ich mitmache, darf ich später zu ihm auf den Schoss eine Weile.

Aber nur, wenn ich auch lenken darf.

Abgemacht.

Erste Flugstunde mit drei.

Hinterm Dorfschild rutschen wir den Abhang runter. Horchen. Nein, kein Auto oder Traktor weit und breit. Also los, so schnell unsere Füße uns tragen, unterm Zaun durch. Von hinten natürlich, nicht sichtbar von der Straße. Mitten rein ins hohe Gras.

Über uns der Himmel. Strahlend blau. Unsere Mulde eben so groß, dass wir gegenüber hineinpassen. Jeder von uns zwei doppelbändige Stricke flechten. Und dann unsere Stöcke verzieren.

Das Holz ist noch frisch. Die Rinde weich. Und duftet so wunderbar. Wir ritzen Muster mit der Messerspitze hinein. Wie bei einem Scherenschnitt holen wir nur Teile heraus. Die kleinen Astgabeln sind manchmal im Weg und unterbrechen die Rindenfasern. Besonders eine macht mich wütend.

Wumps, sitzt die Messerspitze im Finger. Wie das blutet. Mh – kein Pflaster dabei. Und zuhause gäbe es nur noch Ärger obendrauf. Finger in die Luft hat meine Oma gesagt. Und verbinden. Also spucke drauf. Breiter Grashalm her. Und rum damit. Geht doch. Weiter. Diesmal vorsichtiger. Fertig. Beide.

Abends im Stall bei den Schweinen entdeckt einer der älteren Brüder meines Freundes den Schnitt an meinem Finger. Wieso der denn rechts sei. Naja, ich schneide eben mit links. Wenn er es verrät, erzählen wir... Deal, keiner verpetzt den anderen.

Wieder zuhause, darf ich mit Oma und Opa zu Abend essen. An dem großen Tisch im Esszimmer. Aber nur mit gewaschenen Händen. Klar, dann geht auch das getrocknete Blut endlich mal ab. Mein Opa mag das auch gar nicht sehen, obwohl er Arzt ist. An manchen Stellen sieht er eben doch noch.
Für ihn ist das, als wenn man durch ein Sieb guckt. Da muss man den Kopf auch so komisch drehen bis man langsam alles einmal gesehen hat. Deswegen dreht mein Opa den Kopf so merkwürdig. Ich halte ganz still, er soll mich ja sehen.

Auch darf nie etwas rumliegen. Er stolpert sonst. Oder wirft Sachen um. Dafür kennt er alles ganz genau. Weiß, wie viele Schritte er wohin und in welche Richtung gehen muss, um richtig anzukommen. Neulich setzt er sich deswegen neben seinen Sessel. Das hat geplumpst und wehgetan. Jemand habe den Sessel einfach verschoben. So etwas aber auch... Bei der Vorstellung muss ich lachen. Meine Oma schaut mich mit einem „bloß nicht" an. Alles klar. Schnell das Thema wechseln.

Das Strohgebilde unter der Lampe. Wenn die Sonne ins Studierzimmer scheint, wirft es Schatten an die Wand. Es sieht aus als seien die hinteren Teile vorne. Mein Opa zeigt mir ein Buch von M. C. Escher. Der hat damit in seinen Bildern gespielt. Was denn hinter der Tür liegt, die zugleich vorne und hinten ist. Ob es eine andere Welt als unsere gibt und wir nur die Tür finden müssen. Wo wir durchgucken müssen, um sie zu sehen. So wie in Pfützen. Wenn alles drum herum sich spiegelt, als wenn man einfach nur durch das Wasser müsste, um in einem anderen Raum zu sein. Wo ich denn heute gewesen sei und was ich gemacht hätte. Geschnitzt, einen Spazierstock, ein Muster darauf. Eine Spirale von ganz unten nach ganz oben. Als sei sie unendlich. Ob ich denn weiß, was Unendlichkeit ist. Naja, eben alles was nicht aufhört. So wie der Himmel. Zeit fürs Bett. Mh, ob meine Antwort nicht gut war – egal, mein Opa hat seinen eigenen Kopf und den lässt man ihm besser. Sonst wird er mürrisch.

Ich helfe meiner Oma beim Abdecken. Wie tief denn mein Schnitt sei, ihr ist er nicht entgangen. Das sei aber kein Grashalm gewesen. Okay, sie darf gucken, dann muss ich nichts sagen. Tiefer Blick in meine Augen, verstanden, mache ich nicht wieder. Und wenn's anfängt weh zu tun, muss ich etwas sagen.

Ich darf im alten Bett vom Uropa schlafen. Und mir hier oben bei Oma und Opa die Zähne putzen, wenn ich ganz leise bin. Ja. Dafür muss sie meine Puppe organisieren, ohne die schlafe ich nämlich nicht.

Eigentlich ist das nicht meine Puppe. Aber wie mein kleiner Opa eben doch mein. Den richtigen Vater von meiner Mutter kenne ich gar nicht. Aber den kleinen Jungen in Berlin, der die Puppe vergessen hat. Ich habe sie abends mit ins Bett genommen. Sie ist wunderschön in der Bluse und dem Kleidchen darüber. Und dass irgendjemand meinen kleinen Opa nicht genauso lieb haben könnte wie ich, unvorstellbar.

Die Jalousie soll nicht ganz runter. Ich mag die rhythmischen Lichtpunkte von der Straßenlaterne an Wand und Decke. Es ist wie Hüpfen. In verschiedenen Takten. Oder wie ganz viele Straßen nebeneinander.

Wenn wir nachts auf der Autofahrt von oder nach Berlin an die Grenze kommen und ich mich rückwärts ans Fenster lege, dann fliegen die Laternen vorbei. Je näher wir an die Kontrolle kommen desto länger erscheinen die Lichter. Weil wir langsamer werden. Und wir müssen oft aussteigen. Die hintere Sitzbank vom alten Opel Admiral hochklappen. Manchmal haben sie auch Spiegel, mit denen sie unters Auto gucken. Auf der Transitstrecke dürfen wir nur an ganz speziellen Parkplätzen anhalten.

Welchen Schatten wohl der Totenkopf im Licht der Straßenlaterne wirft. Aber ins Studierzimmer darf ich jetzt nicht mehr rein.

Die Sonne dringt durch die Jalousie. Hui, hui, hui... Ich wusste gar nicht, wie gut man auf der Matratze hüpfen kann. Tür fliegt auf, ups. Meine Oma mit den Händen in die Hüfte gestemmt. Ich lasse mich schnell auf den Po fallen. Spiegelei mit festem Eigelb bitte, das Gelbe mag ich nämlich nicht. Und auch nichts dazu. Dann gibt es aber zwei. Na gut. Rein in die Klamotten.

Ein Stück vom Himmel

Im Spätsommer liegen wir eines Tages mitten in der Wildblumenwiese in der Kurve an der alten Müllkippe. Beide flach auf dem Rücken. Alle Viere von uns gestreckt, so wie beim Engel im Schnee im Winter. Wir können uns nicht sehen, nur hören. Und fühlen. Hand in Hand. Die Grillen zirpen laut. Gefühl von Unendlichkeit. Das ist es. Jetzt. Hier. Es ist nicht nur Raum. Sondern auch Zeit. Jetzt verstehe ich.

Ob ich dieses Kribbeln und diese Leichtigkeit, fast wie Fliegen, auch spüre. Ja. Ob ich verspreche, immer seine Freundin zu sein. Ja. Er wünsche sich, dass dieser Tag nie ende. Wir sind frei.

Farbenrausch

Unendlichkeit. Mitten in einem Kreuzberger Künstleratelier. Das hier ist unser Raum, unsere Zeit. Inmitten der eingeschlossenen Insel der Freiheit. West-Berlin zu Mauerzeiten. Raus geht es im Zweifelsfall nur nach oben, durch den Himmel. Wir sind umzingelt, eingeschlossen, frei. Ein Widerspruch in sich. Alles Philosophieren darüber hilft nicht. Wir sind außerstande, die Erwachsenen über die Absurdität aufzuklären. Also leben auch wir damit. Und machen das Beste daraus. Wir schaffen uns unsere Welt. Wie eine eigene Insel in der Insel der Großen. Mauer sind die Wände. Die Atelierwohnung zieht sich über eine ganze Etage. Fühlt sich offen an mit den großen Fenstern. Erlaubt den Rundgang. Man kann einmal um ihre Mitte herumflitzen. Nur die große Türscheibe auf der Empore sollte offen sein. Sonst tut es weh, ziemlich sogar. Und in das Schildkrötenbecken versehentlich reintreten kann auch unangenehm sein. Die eine beißt, warum auch immer. Vielleicht genau wegen unseres Tobens quer durch ihr Revier.

Wenn Katzen Kirchenglocken zählen

Die Sonne scheint durch die kleinen Dachbodenfenster. Das alte Holzgebälk knarrt manchmal. Man sieht die undichten Stellen des Schieferdachs darüber. Hier oben sind nur wenige Sachen. Der Dachboden ist ein etwas staubig. Ich mag es. Es ist ruhig. Und fast wie draußen. Außerdem sucht mich hier keiner. Ich habe einige Blätter und Wachsmalkreiden hoch geschmuggelt. Die ersten Buchstaben aus dem Alphabet in den letzten Schultagen. Die anderen habe ich mir zeigen lassen. Dann kann ich selbst schreiben. Einen „brif an meinen froind". Erzähle ihm von den Buchstaben. Von der Welt des Schreibens. Es dauert lange. Ich bin noch nicht sehr geübt. Ein langersehnter Moment der Freiheit. Selbst schreiben.

Irgendwann werde ich doch gefunden. Mh, das sei ja alles sehr schön. Aber so ginge das mit dem Schreiben nicht. Erst müsse man die Regeln lernen. Besonders wie man richtig und ordentlich schreibt. Mir rollen die Tränen herunter. Warum? Was nur noch mehr Druck auslöst. Und ein Einkassieren der Stifte und des Papiers. Stattdessen Linienpapier zum Schönschreib-Üben. Und nur ein Bleistift. Grau in Grau.

Das einzige Grau in Grau, das ich liebe und wunderschön finde, ist das Tigerfell unseres Katers. Er hat sich versteckt und kommt hervor, kaum dass ich wieder alleine bin. Springt auf meinen Schoss. Stupst mich an. Will gestreichelt werden. Jetzt laufen die Tränen richtig. Riesengroß. Das soll Schule sein? Regeln. Reglementierung. Es macht alles keinen Sinn. Alle erzählen sie von großen Künstlern und Schriftstellern, Musikern und Komponisten, Sportlern usw. Wo anfangen, wenn nicht hier. Wann, wenn nicht jetzt. Eigentlich mögen Katzen kein Wasser. Aber dieser Kater ist anders. Er leckt geduldig meine Tränen von seinem Fell. Seine Wärme tut gut. Und das weiche Fell. Er schnurrt ganz sanft.

Ich würde ihn gerne mit in die Schule nehmen, darf aber nicht. Er begleitet mich morgens auf dem Weg. Hinten übers Feld. Es ist nicht weit. Ich strecke den Weg. Genieße den Moment der Freiheit. Spiele mit ihm. Wir jagen kleine Steine. Oder Eicheln. Oder irgendwas anderes. Er kann richtig spielen. Und genießt es offenbar. Wartet morgens schon auf mich. Schlängelt an der Tür aufgeregt um meine Beine.

Und er scheint die Kirchenglocken zu kennen. Immer wenn sie schlagen, kurz vor der großen Pause, kommt er unten um die Ecke und wartet bis wir rausstürmen. Mein Pausenbrot teile ich mit ihm. Und nach der Schule wartet er auch oft. Oder rast kurz hinter dem Schulhoftor auf mich zu.

Ich habe ihm beigebracht, immer nur hinten übers Feld zu laufen. Vorne auf der Straße werden Katzen oft überfahren. Ob er versteht, dass man erst gucken und nur wenn frei loslaufen darf, weiß ich nicht. Zutrauen tue ich es ihm. Immerhin kann er Türen öffnen, indem er auf die Klinke springt. Und er mag Wasser, obwohl er eine Katze ist. Aber er springt zu mir in die Badewanne und findet es gut. Außerdem frisst er gerne Spekulatius. Dass er eigentlich meiner Schwester gehört, stört mich nicht. Er ist ja bei mir.

Ich

Es ist Sommer. Kurze Hose & T-Shirt. Mein Lieblings-T-Shirt. Dunkelblau. Mit dem kleinen Segelboot. Zur See möchte ich irgendwann. Ich sollte ein anderes anziehen. Hab' ich aber nicht. Mein Tag. Hier – jetzt.

Auf den Stufen zur Turnhalle runter. Klasse für Klasse. Der Schulfotograf ist da. Es dauert. Ihm fällt die Filmrolle runter, sie wird belichtet & alles von vorne. Fotoapparate, Filme einlegen, aufspulen & rausnehmen, Belichtung & Entfernung einstellen... Mein Opa hat mir einiges davon gezeigt. Er hat eine Spiegelreflexkamera.
Mein Blick wandert nach oben. Ich blicke durch alles hindurch, das Hier & Jetzt.
Mein Leben, ich werde es leben.
Ab hier & jetzt.

Neuer Film eingelegt. Alles von vorne. Mein Bild, vom Tag meines Lebens.

Ab jetzt ist alles anders. Das Jetzt ist spontan. Das Hier zufällig. Der übergeordnete Moment aber ein Teil eines größeren Ganzen, in dem es Orte & Plätze gibt. Mein Platz im Leben dieser Zeit.

Am Ende der Welt

Ich liege bäuchlings am Rand. Blicke nach unten. Schwindelerregende Höhe. Kribbeln im ganzen Körper. Nach einer Weile werde ich ruhig & ganz leicht.

Unten heller Sandstrand. Nah & doch fern. Scheinbar unerreichbar von hier. Einen Weg erkenne ich nicht. Es ist auch niemand dort. Zugang vom Meer? Diesem türkisblauen Wasser, das in sanften Wellen an Land rollt.

Mit dem Blick den Wellen folgen Richtung Horizont. Wie sie sich langsam verlieren. In sich selbst. In der Masse des Wassers. An dessen Oberfläche das Sonnenlicht und die Himmelsfarbe sich spiegeln. Immer mehr sich zu eigen machen, was eigentlich eine andere Dimension ist, die Tiefe der Weltmeere. Hier an der Küste sind die Unterströme besonders stark, gnadenlos. Reißen mit. In die Tiefe.

Wir dürfen nicht alleine ins Wasser. Die sanfte Oberfläche trügt. Und doch trägt sie die Boote und Schiffe. Jene Gefährte, mit denen vor Jahrhunderten von hier die Menschen in See stachen. Zum Fischen. Zu anderen Küstenorten. Und um die Welt zu umsegeln. Geleitet von den Sternen. Die ihnen vertrauter waren als die neuen Ufer, zu denen sie aufbrachen.

Columbus erst gelang es hin & zurück. Die Entdeckung Amerikas. Die neue Welt. Neuer als unsere kann sie kaum gewesen sein. Nur neu für uns. Für die Indianer aber waren wir neu. Alles eine Frage der Perspektive.

Und von hier oben sieht es wirklich aus, als könnte es das Ende der Welt sein. Dem Himmel so nah auf der Empore der Felsklippe. Und bis

Columbus kehrte keiner zurück, der sich von dieser Küste zu weit entfernte und sie aus dem Blick verlor. So die Geschichte. Dann waren sie alleine mit den Sternen.

Bernstein

Es ist ein Name. Manchmal höre ich ihn. Wie Menschen Namen von Steinen tragen können? Ich betrachte die sich brechenden Sonnenstrahlen in dem ungeschliffenen Stein vor mir. Es scheint als nehme er all das Licht und die Wärme in sich auf. Fast ohne einen Schatten zu werfen. Nur das eingeschlossene Insekt darin ist dunkel.

Bernstein ist der Zeit entronnener Harz, das Blut der Bäume, wenn sie ihre Wunden heilen wollen. Krusten bilden. Wie weh es doch getan haben muss, wenn das Harz wie Tränen läuft. Die Schönheit der Traurigkeit. Alles was bleibt. Der Baum ist längst verwest. So auch seine zu neuen Bäumen gewachsenen Samen.

Aber dieser eine Moment ist noch da, jetzt und hier. Der Stein ist sanft und warm, ebenso warm wie die Luft. Er hat das Leben in sich verewigt. Das Insekt angezogen von dem süßlichen Duft, kleben geblieben. Eine eigenartige Laune der Natur. Und wie es da steht, als wäre es soeben gelandet. Ob im flüssigen Harz wohl etwas drinnen ist, das beim Aufsaugen die Insekten erstarren lässt.

Ich habe Harz noch nie gekostet. Weiß nur wie lange ich reiben muss bis er sich abwaschen lässt. Am besten ist frischer Zitronensaft, der aber selten zur Hand ist.

Manche Steine sind etwas Besonderes. Sie werden geschliffen und zu Kunst- & Schmuckstücken verarbeitet.

Wenn ich ganz lange und ruhig auf den Stein vor mir schaue, lösen sich seine Konturen auf. Dann kann ich fast hineingucken. Auch wenn ich dort nicht wirklich etwas erkenne. Selbst das Insekt wird nicht greifbarer. Dafür aber das Steinlicht, das im Inneren leuchtet. Darum strahlt der Stein.

Bernstein. Der Name gefällt mir. Es war der Name meiner Uroma. Damals nahmen alle Frauen noch den Namen ihrer Männer an. Und es sei auch ganz gut so gewesen. Kaum ein Bernstein aus unserer Familie lebe noch, zumindest in Deutschland.

Ich musste lange nachfragen und auch jetzt bekomme ich nur wenige Antworten. Meine Uroma hat als einzige ihrer Familie überlebt. Den Krieg. Ihr Mann habe zu seiner Familie gestanden, sie geschützt. Meine Oma und ihre Geschwister kenne ich gut. Aber sie sprechen nicht darüber. Nur über ihre Mutter und ihren Vater als solche. Ihren Vater vermissen sie, sie wissen, sie verdanken ihm ihr Leben. Er sei direkt nach dem Krieg einfach eingeschlafen, vor Erschöpfung, kaum dass die Familie wieder sicher war.

Ich hätte meinen Uropa gerne kennengelernt. In die Augen eines so mutigen und liebenden Mannes geblickt. Möchte wissen, wie seine Stimme klang. Ob er warmherzig und fröhlich war. So stelle ich ihn mir zumindest vor. Ob er ahnte, dass es mich einmal geben würde? Er reiste wohl gerne. In andere, ferne Länder. Das Fernweh spüre ich auch, vielleicht ist er das in mir.

Meine Uroma kenne ich von Bildern. Meine Mutter hat sie sehr geliebt. Aber auch darüber wird wenig gesprochen. Das Schweigen ist eigenwillig. Als könnte uns heute etwas passieren, wenn wir miteinander über sie reden. Oder mehr von den Zeiten, die sie erlebten. Und trotzdem – Bernstein ist schön, im doppelten Sinne.

Das Spiel des Lebens

Ein großes Brettspiel. Bei einer bekannten Familie, die eine Ferienwohnung hier hat. Manchmal spiele ich mit den Kindern. Heute aber spielt die ganze Familie. Das Spiel des Lebens.

Auf der Reise wächst die Familie. Und es gilt allerlei Entscheidungen zu treffen. Die Würfel fallen und legen die Optionen fest. Chancen ergreifen, wenn sie da sind. Dieser Abend packt mich. Es sieht wie ein großer Plan aus. Auf dem man sich das eigene Leben ersinnen kann. Fallen die Würfel aber anders, kommt es anders.

Der Familienvater ermuntert meine Mutter zu ihrer Chance. Ihrer Gabe zu folgen. Zu schreiben. Nicht wieder Angebote auszuschlagen. Aber sie traut sich nicht. Glaubt nicht an sich. Zieht sich zurück. Wagt den Sprung ins kalte Wasser nicht.

Nach diesem Spiel des Lebens spreche ich nochmal mit ihr. Aber es hilft alles nichts. Ich glaube den anderen, dass sie es könnte. Wenn sie nur wollte. Und ich bin überzeugt, sie wäre glücklich.

Gewitter auf dem Olymp

Der Regen prasselt aufs Dach. Hinterlässt einen eigenwillig zufälligen und doch wiederkehrenden Rhythmus auf den Schrägen. Wenn ich die Augen schließe, sehe ich den Takt. Die Wassermengen in Formation fallen. Als Strom beginnend, auseinanderströmend, die einzelnen Tropfen irgendwann umeinanderkreisend. Allesamt fallend. Getrieben durch den Wind in eine Richtung. Mal verschmelzen sie. Mal zerschlagen sie sich gegenseitig. Kollision im Sturzflug. Wasser das sich formiert als Teilchen-Choreographie. Ehe es aufprallt. Wieder zueinander fließt. Die Tropfen verlieren sich in der Masse. In kleinen Rinnsalen vom

Dach strömen. Die Regenrinne zum Überlaufen bringen.

Der Olymp ist das Hochbett bei Oma und Opa im Rheinland. Direkt unterm Dach.

Pfützenspringen

Die Geburt meiner jüngsten Schwester steht an. Es könnte kompliziert werden. Für uns hat keiner so lange Zeit. Und so sind wir in einer Art Kloster mit Nonnen als Tagesmütter für Kinder mitten in herrlichster Natur untergebracht. In der Nähe eine Schule mit so wenig Kindern, dass mehrere Klassen von einem Lehrer unterrichtet werden.
Ein Mädchen hat immer falsche Socken an, aber es macht ihr nichts. Der Lehrer lacht und erzählt viel mit uns. Das Lerntempo bestimmen wir selbst, fast ein wenig jeder für sich.

Eines Mittags. Plötzlich landet ein Ball direkt vor mir. Ein Junge, recht groß, in reichlich Entfernung. Weitwurf. Immer noch einen Schritt weiter zurück. Er ist der Bessere. Er ist älter und daher nicht bei uns im Unterricht. Ich mag, dass er nicht redet, sondern einfach tut.

Irgendwann steht er immer häufiger bei uns, wenn wir draußen Sport machen. Er beobachtet. Stellt sich wortlos nur wenige Fuß weiter an den Rand der Sprunggrube als ich eben geschafft habe. Fordert mich heraus. Und dann nimmt er Anlauf und fliegt weit über meine Bestmarke hinaus.

Immer wieder regnet es tageweise. Und eines Morgens tauchen die Lehrer nach einem nächtlichen Wolkenbruch nicht auf. Wir stehen vor einem verschlossenen Schulgebäude. Ordnung und Ruhe halten nicht lange.

Plötzlich steht er vor mir. Zum ersten Mal sprechen wir miteinander. Diskutieren die Länge der Pfütze in der Sprunggrube. Laufen die Startbahn ab. Testen die Rutschfestigkeit des Absprungbereichs. Beide oder keiner.

Er läuft an. Stoppt. Die Wolken spiegeln sich auf der Wasseroberfläche. Es sieht viel weiter beim Anlauf aus, als es ist. Als würde man in den Himmel springen. Beim zweiten Mal fliegt er mühelos drüber hinweg.

Ich bin dran. Wenn ich es nicht schaffe, wird's nass, kalt und sandig... So grade eben. Er hält mich am Arm, damit ich ja nicht nach hinten kippe.
Wieder und wieder. Die anderen trauen sich nicht. Stehen aber um Startbahn und Sprunggrube. Feuern uns an. Schließen Wetten ab, ob einer von uns doch einmal abrutscht und im Wasser landet.

Wie lange zwei Lehrer das Schauspiel beobachtet haben, ehe wir sie bemerken, weiß ich nicht. Sie nehmen es mit Humor. Wie wir nur mit unseren Körpern Längen abschätzen können? Warum das Metermaß nur eine genormte Größe ist, wir aber genauso gut unsere Füße benutzen können? Wohin das Wasser geht, wenn es verdunstet oder durch den Sand in der Grube durchgesickert ist? Wie das Spiegelbild des Himmels entsteht und wir Wassertiefe abschätzen können? Ups. Das wäre wirklich nass und kalt geworden, die Pfütze ist tiefer als erwartet.

Ich weiß, ich werde ihn vermissen, wenn die Ferien bald beginnen und wir nach Hause fahren. Auch wenn ich dafür eine Schwester mehr habe. Und auch wenn ich meinen Freund dann wieder sehe. Und wir wieder in unsere Abenteuer abtauchen können. Meist unbemerkt. Denn die richtigen Fragen stellen die Großen von sich aus selten, als seien sie selbst nie Kind gewesen oder hätten alles vergessen.

Daran erinnern wir uns immer wieder gegenseitig und schwören uns, das Hier und Jetzt nie zu vergessen. Nie die Farben und Klänge der Welt nicht mehr wahrzunehmen. Wir malen uns die Welt aus, wenn wir groß werden und unser Hier und Jetzt mitnehmen in das Morgen und Dort. Weil wir wollen, dass unsere Kinder in unserer Welt leben.

Nicht von dieser Welt – A Midsummer Night's Dream

Die Sonne brennt. Seit Tagen. In Windeseile werden die Felder gemäht. Bald kommt das große Gewitter und würde das Korn niederdrücken. Rekordernte im Akkord. Weidenzäune werden einfach geöffnet. Schweres Gerät kämpft sich die Hügel entlang.

Wir mittendrin und doch in unserer Welt. Keiner braucht uns, bemerkt uns. Tagelange Streifzüge durch die Wälder; Steine und Asphalt brennen unter den Füßen. Barfuß unterwegs, meine Füße sind gewachsen. Schuhe? Grad' nicht. Jeden Moment leben, ehe die Schule wieder beginnt.

Hügel hinauf, um die Wette – bis zu Opas Wald. In so einem Sommer wollte er ihn pflanzen. Der erste Versuch ging schief. Kein Wasser hier oben für die jungen Bäume. Der zweite steht nun in Reih und Glied, akkurat. Dichtes Nadelholz, herrlich kühl darunter. Gleich geht die Sonne unter. Wird sich hinterm Berg absenken. Das Tal in Dunkelheit tauchen.

Wir stehen Hand in Hand am Waldesrand. Halten uns, fest, ab vom Losflitzen. Erst mit dem letzten Sonnenstrahl hier oben.

Vogelschrei. Jetzt kommt die Dunkelheit. Als sei es unser Startschuss, rennen wir los. Über die frisch geschnittenen Kornfelder. Die Stoppeln wären messerscharf, wenn ich anhalte. So aber pieksen sie nur leicht.

An der Kurve unter der Weide seiner Eltern kehren wir wieder auf den Weg zurück. Völlig aus der Puste. Schlendern vor uns hin, überlegen: das wäre wohl die perfekte Rodelstrecke im Winter. Für unsere selbstgebauten Abfahrtskissen. Stroh, Tüte drum, noch mehr Stroh, nächste Tüte, zwei am besten, letzte Lage Stroh, Tüten und dann eine leichte Mulde in die Mitte treten. Seile drum. Umdrehen. Unten eine hauchdünne Wasserschicht drauf. Über Nacht gefrieren lassen. Morgens nächste Wasserschicht drauf. Und sobald die Wintersonne da ist, das Weidengatter am Hang aufschieben. Wer es bis nach unten schafft, kann nach oben auf dem Müllkippenweg ausrutschen. Nothalt ist sonst nur noch der Misthaufen.

Einer zur Startrampe, der andere hält unten den Verkehr an. Langsam bildet sich eine Bahn im Schnee, wie eine richtige Rodelbahn. Scheint die Sonne tags darauf und friert es nachts weiter, ist sie bald vereist. Zu zweit sind wir schwerer und werden dann noch schneller. Und das leichte Kribbeln von der Geschwindigkeit ist gemeinsam weniger unheimlich. Als Verkehrswache unten wird dann der Hund positioniert. Er bellt laut, wenn einer kommt, und weicht nicht vom Platz, bis wir vorbeigesaust sind. Dann er rennt hinter uns her und schleckt uns schwanzwedelnd ab, wenn wir auf dem Müllkippenweg zum Stehen kommen.

Jetzt aber scheint der Winter noch ganz weit weg, wenn der Boden erst mitten in der Nacht angenehm warm unter den Fußsohlen ist. Die dichte Bewaldung schirmt die Straßenlaternen ab. Es ist stockfinster.

Jedes Knistern im Unterholz bewirkt ein leichtes Unbehagen bei uns.

Des Tags kennen wir die Tiere und ihre Spuren auf unseren Streifzügen. Des Nachts aber sind uns ihre Geräusche fremd. Wir erahnen nur, dass sie nicht alle schlafen, manche wohl überhaupt erst erwachen.

Dann, ein grünliches Schimmern hinten in der letzten Wegkurve vor der Kreuzung zur Dorfstraße. Luft anhalten. Ein Auto kann es nicht sein. Ob einer seiner Brüder uns einen Streich spielt?!

Es ist Sommer – mitten im Sommer, Glühwürmchen. Wie von Federn getragen flitzen wir fast lautlos in den Schwarm hinein. Sie sind überall. Wir drehen uns, tanzen fast. Sie umschwirren uns, formieren sich, fliegen wieder wahllos auseinander, spielen mit uns, lassen sich sanft berühren. Das kannten wir nur aus Erzählungen – nun spüren wir den Zauber. Verlieren uns im Schwingen des Lichterspiels, unsere Blicke treffen sich als Lichtreflexe. Kein Windhauch geht. Es scheint lautlos um uns. Unsere Lippen geschlossen, die Glühwürmchen würden uns vielleicht in den Mund fliegen. Wie lange wir mit ihnen tanzen, wissen wir nicht. Irgendwann scheinen sie alle mit einem Mal zu erlöschen. Wir bleiben stehen bis auch das letzte in der Dunkelheit verschwindet. Und wandern langsam nach Hause.

Die Straßenlaternen sind inzwischen aus, es muss also nach 23h sein. Aber vergessen wurden wir nicht. Die Haustür ist noch offen. Hinter uns schließen wir ganz leise den Riegel. Morgens wissen sie dann, dass wir sicher oben schlafen. Wortlose Kommunikation. Wann das Ritual begann, erinnere ich nicht – vielleicht wurde es auch einfach von seinen großen Brüdern an uns weitergegeben.

Der Plan

Wir stürmen um die Wette ins Haus – Hunger, um diese Zeit ist keiner da. Im Küchentürrahmen bleiben wir wie versteinert stehen. Sein Vater mit zwei Herren in Grün.
Und sie blicken uns an als erwarteten sie uns. Die Geste weist uns: auf dem Sofa hinsetzen. Ganz dicht, den anderen spüren. Einander anschauen trauen wir uns nicht.

Sie hätten aus der Luft im Sonnenlicht etwas aufblitzen gesehen. Mitten auf dem Hang dort. Mh. Schweigen können wir. Sie seien runter, sehr dicht dran, mit dem Grenzlandhubschrauber. Wow, da wäre ich gerne dabei gewesen. Der andere in Grün beobachtet uns ganz genau. Ich blicke ihm fest in die Augen. Sie seien auch so dort gewesen. Aha. Und jetzt eben beim Bürgermeister. Mh, der Vater meines Freundes, ich riskiere einen Blick zu ihm. Er scheint zu meiner Überraschung nicht böse. Ihm hätten sie dann von der entdeckten Schmugglerhütte mit frischem Wellblech erzählt. Allerdings die Höhe, ob es wohl Zwergwüchsige im Ort gäbe. Er habe Tränen gelacht. Das sei wohl sein jüngster Sohn mit seiner Spielkameradin gewesen. Ein ganzes Dorf habe den Sommer über geglaubt, unsere Streiche hätten ein Ende gefunden. Es fehlten nur immer wieder Dinge, wofür es andere Erklärungen gab. Die zudem zu groß und zu viele seien für eine gut 10-Jährige und einen gut 11-Jährigen. Bspw. 19 Weidenholzpfähle, besagte Wellbleche, ca. 200m Holzplanken, PVC-Bodenrollen, Tapetenrollen, ein alter Eisenofen, 4 ausgebaute Autoglasscheiben, eine Autorückbank, ein Tisch, zwei Stühle etc. Liste klingt gut.

Und da sitzen wir nun also. Ich sehe den Beamten ihre Faszination an. Nicht nur dass wir das geplant und gebaut haben, sondern dass ein ganzes Dorf uns 5 Wochen lang nicht bemerkt hat.

Zunächst bitte Erde aufs Dach und ein paar Ginsterzweige, damit man es aus der Luft nicht mehr sieht. Ja. Alles klar. Und wie wir uns das denn jetzt vorstellen. Naja, als Bürgermeister könnte er doch einfach unsere Hütte einweihen, dann hätte er ein Haus mehr unter sich. Am 8.8.88 wäre das doch gut. Luft anhalten.

Hut auf den Kopf, wieder runter, drauf, runter, kratzen, uns mustern, die Herren in Grün, fester Handschlag auf die Konsole des Küchentischs. Ja. Aber die Geschichte von vorne.

Wie seid ihr auf das Ganze gekommen. Und der Plan dahinter? Was habt ihr euch noch ausgedacht? Plan?! Mein Freund zieht ein zusammengefaltetes DIN-A4-Blatt aus seiner Tasche und hält es geöffnet hoch. Auf Millimeterpapier ist der vollständige Grundriss inkl. Pfeiler etc. festgehalten.
Wer hat euch geholfen?
Keiner.
Woher könnt ihr das?
Abgeguckt. Aus den Konstruktions- & Bauplanzeichnungen aus Büchern bei meinem Großvater.
Und woher wusstet ihr, wie ihr das berechnen müsst?
Matheunterricht. Plus, minus, mal, durch. Bruchrechnung. Geometrie.
Und wie habt ihr die Pfähle in den Boden bekommen? So gerade?
Mit einem selbstgebauten Lot. Spitzer Stein an einem Seil. Das kann ja nur gerade runter hängen.
Und wie also die Pfähle in den Boden? Da muss doch ein Großer geholfen haben?
Ups. Jetzt wird's doch nochmal aufregend. Na gut. Es hilft wohl nur die Wahrheit.
Mit einem Vorschlaghammer.
Ihr beide?
Vereintes Nicken.

Mein neuer Vorschlaghammer, der mir den ganzen Sommer beim Einzäunen gefehlt hat?

Nicken.

Und wie seid ihr so hoch gekommen?

Selbstgebautes Minipodest. Aber zuerst haben wir ein kleines Loch in die Erde gebuddelt, den Pfeiler da rein gesteckt und mit kleinen Holzspalten festgekeilt. Damit keiner seinen Kopf unter dem Hammer hat. Und wenn der Schlagende sich verletzt noch einer von uns Hilfe holen kann.

Und der Ofen drinnen? Das ist doch Holz... Mit den ganzen Funken?!

Wir haben Wellblechplatten von innen gegen die Holzwand montiert. Auch die Funken können dann nichts machen.

Was habt ihr noch da oben, was ich besser wissen sollte?

Naja, Werkzeug eben. Sägen. Hammer, Nägel, Zangen. Ist aber alles heil und trocken gelagert. Und ein großes Vorhängeschloss.

Richtig, die Herren in Grün standen bei ihrem Besuch vor verschlossener Tür. Haben sie aber auch nicht aufgebrochen, weil kein Durchsuchungsbefehl.

Innerer Triumph. So gut ist unsere Hütte also geworden, dass sie sich erst die offizielle Genehmigung hätten holen müssen.

Ein zweites Mal mit hoch und rein gehen? Nein. Nicht nochmal durchs Gestrüpp und die Dornen.

Unseren Geheimweg haben sie also auch nicht gefunden. Und der Rest ist so unzugänglich, dass weder die Kühe noch die Wildschweine da durch mögen. Nur die Luftperspektive hatten wir nicht bedacht.

Also 8.8.88 und er ist der einzige Erwachsene, sonst nur Kinder & Ju-

gendliche zugelassen. Wir sollen den Grill vorher noch nach oben bringen. Und er darf einladen.
Gesagt. Getan.

Eine Schneise durchs Dickicht. Er passt so grade durch. Und schnauft gewaltig. Lichtung. Angekommen. Weit aufgerissene Augen. Hut vom Kopf. Blick umher, einmal, zweimal, nochmal.

Von dem freigeschlagenen Vorplatz um einen kleinen Baum herum, dem ausgesäten Rasen, der Felsbank und dem Zaun um unser ‚Grundstück' haben die Herren in Grün nichts erzählt. Hausführung gibt's nun auch. Und dann staunen wir nicht schlecht. Die Großen kommen tatsächlich. Schwenkgrill, Fleisch, Brot, Bier und für uns Fanta – alles dabei.

Und alle helfen, das Dach mit Erde und Ginstersträuchern abzudecken. Wir bleiben gleich oben und machen Kirschkern-Weitspucken. Im Feuer knallen die so schön.

Treue und Treuebruch

Das Mittagessen haben wir wieder verpasst. Unsere Teller stehen noch am Platz. Auf dem Herd die Suppe, daneben die Pfannkuchen – fast kalt, aber lecker. Wir sind hungrig nach den stundenlangen Streifzügen durch die Gegend.

Es klopft, direkt an der Küchentür. Einer von den Jungs vom Campingplatz streckt den Kopf herein. Unaufgefordert kommt er rein, drei andere hinterher. Wir staunen nicht schlecht.
Ich solle raus gehen, es sei ein Gespräch unter Jungs. Mein Freund schüttelt nur den Kopf und isst weiter. Die vier setzen sich aufs Sofa an der Wand gegenüber. Stille. Schweigen.

Sie hätten beschlossen, es sei nun an der Zeit, dass keine Mädchen mehr dabei sein sollten beim Spielen. Ich könnte mir ja Mädchen suchen.

Wow. Lachen? Sauer sein?

Mein Freund rutscht von der Bank, geht zur Tür, öffnet sie, tritt zur Seite, guckt die vier an – raus!

Wir essen zu Ende. Am Campingplatz machen wir fortan nicht mehr halt.

Nichts kann uns trennen – für den Moment.

Es ist kühl geworden. Herbst. Auf den Bergen wird es bald den ersten Frost geben. Eine neue Familie im Dorf, 7 Kinder, aus der Stadt, jetzt auf dem Land.

Es ist früh, wir treffen alle gegenüber des Elternhofs meines Freundes aufeinander. Ich bin gespannt und doch vorsichtig – mit so vielen wird vieles anders.

Ja, nein, vielleicht – oder doch so. Die Jungs diskutieren. Eigenwillig aggressiv. Plötzlich sollen wir zwei Gruppen sein. Mein Freund lässt es geschehen, willigt ein, dass die zweite von ihnen an seiner Seite sein solle.

Ich schaue ihn an. Die Stimmen der anderen rücken weit weg. Er sagt nichts. Langsam treten mir die Tränen in die Augen. Nun verschwimmen sie auch alle vor mir. Ich drehe mich um und gehe.

Zuhause auf den ersten Stufen der alten Eichentreppe. Die Tränen rollen. Mein Vater steht vor mir. Eine unpassende Bemerkung. Wut steigt in mir auf: nein, keiner von euch beiden. Ein zweites Mal drehe ich mich heute um und gehe. Meinen Weg. Es ist mein Leben. Egal wie weh es grad tut.

Ich höre noch, dass die Kinder am Hof sind, nach mir fragen. Ich solle doch mit der zweiten Gruppe mitkommen. Der älteste hätte mich gerne an seiner Seite. Darum ging es also – wer mich haben dürfe, anstatt alle miteinander.

Das kannte ich schon. Von anderen. Seit Jahren wollen sie uns auseinander treiben, Jungs mich für sich haben. Als Triumph über meinen Freund. Dabei ist er der größte in seinem Alter in der Gegend. Und der sportlichste. Selbst seine großen Brüder bemerken manchmal ihre Eifersucht auf uns. Aber immerhin sei ich ja Teil der Familie.

Bis jetzt habe ich weggehört, alles still zur Kenntnis genommen. Nie an die Möglichkeit gedacht, von meinem Freund getrennt zu werden. Es vergehen Tage und Wochen alleine. Eine eigenwillige Ruhe und Stille umgibt mich. Langsam fasse ich unabhängige Gedanken. Stehe oft stundenlang vor dem alten Globus. Drehe ihn, stelle mir die Länder, die Menschen, die Natur, ihre Bilder und ihre Musik vor. Suche nach Fotos in den Reiseheften meines Opas. Frage mich ob der Sternenhimmel anderenorts aussieht wie hier und jetzt? Wer wohl wo steht, wie ich und nach oben blickt, nach den Sternen sucht. Und in ihnen die Verbindung zu anderen fühlt. Jenen, die nach oben schauen. In den Himmel. Jetzt. Treffpunkt der Himmel. Ein Stern. Als Ort. Ausgangspunkt. In zwei Richtungen, im Winkel zueinander. Auf zwei Punkte treffend. Einer bin ich. Lenke um, bin Ecke vom Dreieck. Wo ist die dritte? Wer ist die dritte?

Aller guten Dinge sind drei. Das Dreieck. Gleichschenklig die Grundform des ersten platonischen Körpers, Tetraeder. An der Decke schwebt noch immer das Zwanzigeck aus Stroh. Unter der spanischen Lampe. Sie ist aus Andalusien. Gearbeitet aus Metallstreben und bunten Glasscheiben. Man kann sie öffnen wie eine Laterne, um an die Glühbirne zu kommen. Ich war noch nie mit, kenne nur die Erzählungen von Oma & Opa.

Schlafes Bruder

Mit meinem ganzen Körpergewicht lehne ich mich gegen die schwere Holztür. Öffne sie behutsam damit ich keinen Krach mache. Orgelklänge ganz nah. Den Raum durchströmend. Mich. Niemand sonst ist hier unten, im Kirchenschiff.

Die Bezeichnung verwundert mich. Ob es etwas mit den Bibelgeschichten zu tun hat? Die Arche Noah. Kirchen stehen ja aus dickem Stein als Zufluchtsort auf der Höhe. Und die Innenschiffe sind meist länglich. Als Sinnbild, wenn die Täler von Unwettern überschwemmt werden, funktioniert es. Vielleicht ist es auch das Glaubensschiff zu Gott bzw. zum Glauben. Besonders mit all den Bildern und Statuen, dem Altar und den Ritualen der Messe.

Das sanfte Wiegen der Wellen im Schiff auf dem Wasser, für mich ist es hier die Musik. Ich blicke nach oben. In die Augen unseres Musiklehrers. Oft bemerkt er mich, wenn ich komme. Für dieses Hier und Jetzt. Die Musik.

Leise die Steinstufen nach oben, Tasche mit Flöte und Noten auf den Stuhl, um die Orgel hinten rum. Er rutscht im Spiel zur Seite. Seine Finger fliegen über die Tasten. Die Füße über die Pedale. Wieder nur Socken, das mag er lieber. Meine Augen übersetzen seine Bewegungen in die Noten vor uns. Irgendwann konnte ich plötzlich mitlesen. Seither blättere ich um. Entdecke sogar seine Fehler. Dann treffen sich unsere Blicke. Ein Moment Unendlichkeit.

Mitten in der Musik. Dieser Zauber. Unsere Seiten berühren sich. Er führt mich im Rhythmus. Die Noten vor uns werden zu einem Ganzen, wie eine sanfte Wellenbewegung auf einem der Weltmeere, ohne Anfang und Ende.

Er gilt als großes Talent. Wird geplant, eingeplant, verplant für Messen. Am Flügel für Konzerte. Ich höre die Erwachsenen immer wieder darüber sprechen. Seine Gabe ist ihm Segen und Fluch zugleich. Warum Musik nicht sein lassen, was sie für ihn ist? Gefühl. Lebensgefühl. Freude. Ein Hauch von Ewigkeit. Denn sie ist ja nur hier und jetzt durch uns da.

Ich mag seine Haare. Braune Locken. Wie ein Sinnbild seines inneren Aufbäumens. Überhaupt ist er schön, wenn er glücklich ist. Wenn seine Augen strahlen.

Wie unsere Mütter ins Gespräch kamen, wissen wir nicht. Vielleicht haben wir sie irgendwann, geschützt durch die Autorität unseres Musiklehrers, draußen gemeinsam warten lassen. Und wenn sie jetzt weiterreden, dann tauchen wir ab. In unsere Welten. Bei ihm zuhause.

Schach. Er bringt es mir bei. Und dann spielen wir gemeinsam gegen den Computer. Seite an Seite aneinander geschmiegt. Wie hier auf der Orgelbank.

Oder wir bauen seine elektrische Eisenbahn weiter. Ein ganzes Zimmer mit einer kleinen Miniaturwelt. Die Züge in einen Rhythmus bringen. Wie eine Tanzperformance. Und die Waggons umhängen. Für die richtigen Töne: tiefe, helle, verschiedene Rädertakte. Manchmal setzen wir sogar Schienenelemente um, wenn sie die Räder quietschen lassen oder den Rhythmus irritieren.

Einmal fertig, haben wir die Möglichkeiten der Kabel überreizt. Also auseinander damit. Stecker raus, damit wir keinen Stromschlag bekommen oder die Spannung etwas kaputt macht. Und dann ein neues Kabelsystem. Schneiden, löten, testen. Volt und Ampere. Reihenschaltung versus Parallelschaltung. Endlich ist der Physikunterricht für etwas gut. Einmal fertig, verkleben wir die Kabelnarben. Und alles fährt. Wir schauen. Eine halbe Ewigkeit. Spüren den Takt. Lauschen den Klängen.

Irgendwann erzähle ich ihm vom Tag meines Lebens. Von dem Foto, auf dem mein Entschluss mein Leben zu leben festgehalten ist. Er möchte einen Abzug davon haben.

Ein anderes Mal holt er seinen neuen Chemiebaukasten raus. Experimente. Ein großes Wassergefäß immer griffbereit. So einiges knallt, entzündet sich, brennt sich durch den Untergrund durch.

Und manchmal sitzen wir nur da. Nebeneinander, auf der Kante von seinem Bett. Und dann erzählt er.

Er ist vier Jahre älter als ich. Manchmal frage ich mich, warum ausgerechnet ich. Warum er nicht mit Jungs und Mädels in seinem Alter diese Stunden der Unendlichkeit verbringt.

Warum ich jetzt hier bin. Es ist diese Wärme. Der Hauch Unendlichkeit. Mit ihm einen Teil der Welt entdecken. Er ist anders. Eigenwillig zärtlich. Bedacht mich zu spüren und doch nie falsch zu berühren. Deswegen darf er auch so nah.

Fußball-Weltmeisterschaft

Von Ort zu Ort. Auf dem Rad. Das Nötigste im Gepäck. Quer durch die masurische Seenplatte. Trotz Hochsommer ist es meist bewölkt und gelegentlich regnet es sogar.

Mein polnischer Gastvater ist Arzt, leitet ein großes Krankenhaus. Meine Gastschwester ist ein wenig älter als ich. Und wäre lieber bei ihren Freunden den Sommer über geblieben. Mein Gastbruder, etwas jünger, hängt seinen Gedanken nach. Ist recht freundlich & friedlich. Aber er spricht kein Englisch. Deswegen kommunizieren wir mit Händen und Füßen. Manchmal einfach mit dem Ball – ping pong. Er sagt statt ‚ich' ‚wir'. Sein Zwillingsbruder ist bei der Geburt gestorben. Und er hätte es auch beinahe nicht überlebt. Er würde ihn vermissen, hätte nach ihm gefragt, obwohl ihm niemand davon erzählt hat. Manchmal geht er alleine zum Grab. Meine Gastmutter ist distanziert. Und doch herzlich dabei. Nur ganz selten lacht sie oder öffnet sich ein wenig. Ich glaube sie ist traurig. Aber sie liebt ihre Kinder, und besonders ihren Mann. Wir kommen gut miteinander aus, weil wir uns gegenseitig einfach lassen. Und ich auf sie höre.

Mit meinem Gastvater erzähle ich gern. Ihn stören meine vielen Fragen nicht. Inzwischen bringt er mir mitunter Bilder oder Bücher zu Themen mit. Oder er nimmt mich mit, um mir etwas zu zeigen.

So kurz vor unserer Radtour. Wir sind das große Krankenhausareal abgelaufen in dem auch das Familienhaus steht. Mich verwunderte die Architektur und die Straßenführung, der alte Stacheldraht außen. Sie hatten aus der Not eine Tugend gemacht. Es ist ein altes KZ-artiges Gelände. Und jetzt kenne ich den Totenhügel aus der Asche mit dem Gedenkstein. Und vieles mehr.

Dass all diese Dinge passiert sind, weiß ich aus Büchern und Erzählungen. Und weil sie vermuten, dass ein Teil der Familie meiner Oma in einem KZ umgekommen ist. Eine wirkliche Vorstellung von all dem habe ich seit der Besichtigung einer KZ-Gedenkstätte. Es hat mich sehr nachdenklich gestimmt.

Nun tagein, tagaus auf dem Rad unterwegs. Den eigenen Gedanken nachhängen und doch nicht allein sein.

Sandige Wege durch Kiefernwälder. Das Licht und der Geruch. Wie eine andere Welt.

Nach ein paar Tagen werden die Dörfer weniger. Manchmal fast 80km zur nächsten Schlafgelegenheit.

Was ich nur aus meiner Phantasie kannte, wird hier Wirklichkeit. Felder voller Kolkraben. So habe ich es mir vorgestellt bei der Lektüre von ‚Krabat'. In Scharen sind sie beeindruckend, können den ganzen Himmel über einem verdunkeln. Wenn man ihnen näher kommt, wirken sie sanft und gutmütig. Und sie sind einfach wunderschön. Ein reines schwarzes Federkleid. Es schimmert in der Sonne ein wenig. Als löse es sich gleich auf und sie wären transparent.

Vielleicht sagt man deswegen, dass die Farbe Weiß, also das Licht, noch über dem Schwarz steht. Und auch in Krabat gewinnt das Gute, das Licht über dem Düsteren der Nacht. In der absoluten Dunkelheit sieht sie mit dem Herzen. Sie fühlt, spürt & vertraut. Der Liebe. Nachdem er immer wieder den schützenden Kreis um die beiden gezogen hat und sie so ihre Liebe finden konnte. Durch die sie ihn jetzt befreit. Aus der Dunkelheit. Und dem Federkleid. Sie darf ihn ins Leben mitnehmen. Ins Licht.

Wenig später Felder voller Störche. Als hätten sie sich hier verabredet. Wir versuchen gemeinsam sie zu zählen. Jeder eine Ecke vom Feld zur Mitte hin. Es müssen über 100 sein. Der Regen hat sie auf die Felder gelockt. Alles leicht unter Wasser, scheinen sie etwas Leckeres zu finden.

Zwischendrin gewinnt Deutschland die WM. Fürs Finale haben wir einen Platz zum Mitgucken gefunden.

Bei ‚Ansagen' von den Eltern auf Polnisch mache ich einfach, was die anderen beiden tun. Mit der Zeit haben wir unseren Spaß daran gefunden. Und drei gehorchende, fast synchron getaktete Kinder scheinen auch meinen Gasteltern zu gefallen.

Manchmal gibt es nur einen Brunnen zum Pumpen in den Übernachtungsstätten. Das Wasser ist dann eiskalt. Aber auch daran gewöhnen wir uns.

Nach Tagen öffnet sich plötzlich die Landschaft vor uns. Unvorstellbar. Wasser so ruhig und klar, dass wir metertief auf Grund schauen können. Wie lange wir bäuchlings auf dem Steg liegen, weiß ich nicht. Die Wolken ziehen über und unter uns vorüber. Ein irres Spiegelbild. Es ist zu kalt und Gewitter droht, sonst könnten wir baden.

Die Ruinen am See. Es sind nur noch Überreste zwischen dichten Sträuchern. Unter den hohen Bäumen wirkt es wie eine verwunschene Märchenwelt. Dornröschenschlaf. Kaum betreten wir das Dickicht, scheint es zum Leben erweckt. Hunderte kleiner Frösche hüpfen los. Schmetterlinge fliegen in Scharen auf. Mäuse flitzen auf und davon. Vögel schießen in die Luft. Ein kleiner Trampelpfad, er wird nicht häufig genutzt, führt durch das Labyrinth der Ruinenreste. Hier bleiben. Ein kleines Boot und eine kleine Hütte. Und dann hier alles erkunden und manches aufbauen. Es ist alles so rein und klar.

Wenig später kommen wir zurück in Städte. Wir fahren mit dem Zug zurück. Der Lärm und das Treiben irritieren im ersten Moment. Die inneren Bilder und Gedanken festhalten. Dankbar für dieses Erlebnis. Wie wenig man doch braucht, um glücklich zu sein.

Die perfekte Welle

Die perfekte Welle, mitten im Wettkampf: klar, leicht, schnellste Bewegungen wie in Zeitlupe, ich entscheide – mich um, steige und fasse um, volle Konzentration – meine Gegnerin fliegt, ich halte ihren Arm sauber fest, ihr Aufprall ist hart --- die Halle tobt, mir waren keine Chancen eingeräumt worden.

Der Seitenschiedsrichter hat gepennt. Mein Sieg wird zurückgezogen. Was einmal geht, geht nochmal. Zumindest 1/4 Punkt. Time over. Schiedsrichterentscheid: nach Punkten habe ich klar gewonnen – sie aber bekommt den ‚Sieg' – Empörung beim Bundestrainer.

Jetzt ist die Wut da & die Tränen rollen. Ich laufe durch die Halle – sie vor mir, wie vorhin auf der Matte. Ich blicke ihr in die Augen. Sie geht auf meiner Linie, bleibt stehen, ich nicht, beide gehen wir weiter. Immer näher. Ihr Blick immer deutlicher, sie weicht aus. Sie hätte als etablierte Wettkämpferin den Sieg ablehnen müssen. In diesem Moment begreife ich: das, was ich da eben erlebt & gefunden habe, ist ein Sieg fürs Leben. Dieser perfekte Moment, dieser eine Wurf, die absolute Konzentration, das Beherrschen meiner Sinne & Bewegungen, diese Leichtigkeit. Sei's drum...

Trampolinspringen. Mein Sportlehrer, ehemaliger Leistungsturner: er nennt mich ‚Pflummi', wir schließen einen Deal: er sichert mich, ich

springe an, hoch, richtig hoch, er zählt an, sagt an: „auf 3, Salto, vor-
wärts, rückwärts, einfach, doppelt, dreifach, gehockt, gestreckt...", da
ist es wieder, dieses Gefühl totaler Konzentration & Leichtigkeit. Volle
Körperspannung, Rotation der Länge nach, der Moment der Kräf-
teumkehrung, wieder und wieder – nach 30min holt er mich vom
Trampolin „na gut, aber nur für heute" – ab dann baute er 2-mal die
Woche mit mir das Trampolin auf, ein Jahr lang... immer bis er nicht
mehr kann... Nur Fliegen ist schöner...

Zweirad

Auf dem Rad durch die Fußgängerzone. Unerlaubterweise. Aber mir
kommt sogar ein Motorrad entgegen. Lichthupe. Bremsen.

Helm ab. Jetzt erkenne ich ihn. Vom Sport. Seinen Namen weiß ich
nicht. Die erwachsenen Männer betrachte ich noch mit einer gewissen
Scheu. Dass sie uns Jüngere wirklich wahrnehmen, glaube ich nicht.
Sie flirten mit den älteren Frauen. Manchmal schaue ich mir das an,
wundere mich ein wenig. Aber vielleicht komme ich da noch hin. Ver-
liebtsein stelle ich mir anders vor.
Jetzt steht er also hier. Schaut mich amüsiert an. Wir erzählen. Von
Unsicherheit, Fragen. Wie der jeweils andere wohl fühlt, was er/sie
denkt. Die Sonne geht unter. Ich hätte längst zuhause sein sollen. Und
ich habe noch ein ganzes Stück auch durch den Wald vor mir. Er
schickt mich los. Seinen Vornamen kenne ich nun.

Als ziehe einer unbemerkt die Fäden, begegnen wir uns wieder auf
Rad und Motorrad in der Stadt. Mitten in den vorbeiströmenden Men-
schen sprechen wir. Erzählen. Vertrauen uns an. Fragen. Antworten.
Mit der Zeit verschwindet alle Scheu.

Noch bin ich unter dem Deckmantel der Unantastbarkeit. Unschuldig.

Und er entlockt mir erste sanfte Berührungen, die anders sind.

In einem dieser Momente schaut er mich ruhig an. Anders als sonst. Er würde die Kurve nicht mehr bekommen. An mich denken. Mehr als er dürfe. Nicht weil er acht Jahre älter ist. Weil seine Eltern eine Frau aus ihrer Kultur erwarten. Ich blicke ihn an und nicke. Zum ersten Mal nehme ich seine Hand. Er streichelt sanft darüber. Hakt seine Finger in meine. Wir wissen, wie sich das anfühlt. Ich solle mir keine Gedanken machen, er sei in zehn Tagen, spätestens zwei Wochen wieder da. Mir schlägt das Herz bis zum Hals. Zugleich bin ich ruhig. Ich glaube ihm, vertraue ihm. Es ist Gefühl pur.
Dann ist er zurück, wie versprochen. Gelegentlich verabschiedet er sich für zehn Tage. Und jedes Mal sind wir uns näher als vorher. Sprechen noch offener. Auch über uns. Und wissen beide, es geht nicht. Und so werden wir zu Vertrauten. Treffen uns zum Kaffeetrinken und Erzählen. Begleiten uns auf der Suche nach dem Lebensweg im Erwachsenenalter. Sanft und liebevoll ermahnen wir uns gegenseitig, den anderen eine ehrliche Chance zu geben. Und dann verliebe ich mich. Er ist der erste, der davon erfährt.

Ein Moment der Unendlichkeit. Erhofft und gefürchtet, und ganz anders als erwartet. Er möchte mich schützen. Mich bewahren vor dem, was nun kommt. Sieht, was ich noch nicht erahne. Regelmäßig klingelt bei mir das Telefon.

Und dann laufen die Tränen. Es tut weh. Mehr als Worte es fassen könnten. Im Café. Er sitzt vor mir. Erzählt mit mir. Bis ich wieder lache. Er überlegt. Hin und her. Erstmals ist es ihm egal, dass wir öffentlich eng beieinander sitzen. Er fordert meinen Blick in seine Augen ein. Ich möchte verstehen.

Und so nimmt er zwei von den kleinen Päckchen mit den doppelten

Zuckerwürfeln darin. Eins grün. Eins braun. Baut ein Quadrat daraus. Dreht es. Grün, grün-braun, braun, braun-grün vor mir. Jeder Mensch habe verschiedene Facetten. Zeige sich bewusst nur von einer bestimmten Seite. Und wisse von sich selbst oft gar nicht alles. Das Verborgene sei den Menschen selbst verborgen. Und ich hätte die Gabe es hervorzuholen. Das sei schön und mache Angst zugleich.

Mhm. Weh tut es trotzdem. Ich bin zu durcheinander und aufgewühlt, als dass ich klar denken könnte. Ich wünsche mir nur, dass der Schmerz und dieses seltsame Fallen enden. Warum das alles so intensiv und anders ist, kann ich nicht erklären. Seine Nähe und wenigen Berührungen waren durch und durch gegangen. Wie es dazu überhaupt gekommen ist, verstehe ich am allerwenigsten.

Er rief eines Nachmittags an. Mit seiner Initiative wusste ich nichts anzufangen. Und willigte in ein Treffen ein. ...da bin ich nun.

Ich blicke ihn im Café vor mir an. Beim Erzählen habe ich unbewusst begonnen mit seinen Fingern zu spielen. Weil wir uns nicht nahe sein dürfen, zumindest auf diese Weise, erleben wir das mit anderen. Und teilen es dann doch miteinander. Bislang konnte er meine Gedanken und Gefühle nur als Idee erahnen. Zum ersten Mal begreife auch ich, was möglich wäre und doch unmöglich ist. Bislang habe ich die Grenze immer akzeptiert. Erst jetzt frage ich mich, wie es wäre ihn zu spüren, ganz nah. Ich erzähle einfach, was in mir vorgeht. Sein Blick ruht auf mir. Er setzt mehrfach an etwas zu sagen. Irgendwann streichelt er mir sanft über die Wange. Ich wünsche mir, dass dieser Moment niemals endet.

Ich sei ein Kind der Freiheit. Und wenn er mich an sich binden, mich bitten würde, mich einzufügen, würde er mir dieses Leuchten in den

Augen, meine Freiheit nehmen. Warum wir uns hier und jetzt so begegnen, können wir nur aushalten, weil wir uns eben hier und jetzt und so begegnen. Das Unmögliche doch möglich gemacht – wir, für den Moment.

An diesem Abend umarmt er mich zum ersten Mal richtig bei der Verabschiedung. Wir scherzen nicht wie sonst. Ich spüre seine Hand in meinem Nacken. Seine Wange an meiner Stirn. Sein Herz pocht. Der Geruch seiner Lederkleidung ist eigenwillig vertraut. Ich bin wie benommen. Irgendwann löst er seine Umarmung. Und küsst mich auf die Stirn. Er würde später anrufen, dass ich sicher zuhause angekommen bin. Wenn jemand mit seinem Blick in mich eintauchen kann, dann er.

Alles neu

Und doch: bleibt alles anders.

Ich bin aufgewacht, mitten in der Nacht. Hellwach. Früh morgens gegen vier.
Draußen Dunkelheit, durchbrochen von den hellen, am Mond reflektierenden Sonnenstrahlen. Vollmond. Eine von vielen Vollmondnächten.

Ich lausche der friedvollen Stille, die mich umgibt. Nur das leise Rauschen der Blätter an den Bäumen vor meinem Zimmer ist durch das offene Fenster zu vernehmen. Vage kann ich erkennen, wie sie sich sachte im Winde wiegen. Das Gesehene des Tages beflügelt meine Phantasie. Lässt die Wahrnehmungen zu Bildern werden.
Das Licht lässt uns das Gesehene als maßgeblich annehmen. In Momenten der Dunkelheit benutzen wir unsere anderen Sinne, um möglichst viele Informationen für etwas Imaginäres zu erhaschen.

Ob wir nicht gerade im Licht unseren anderen Sinnen mehr vertrauen sollten? Wir halten an dem Augenscheinlichen fest, statt auf unser Gefühl beim Anblick zu vertrauen. Oder an dem Sinn des Gesprochenen, statt auf den Klang der Stimme zu hören und ihre Melodie zu verstehen.

Zwischen Jetzt und Gleich

Einen Atemzug lang.

Zwischendurch...

Der Wind bläst mir durchs Haar. Meeresrauschen. Spanien. An der Küste, in einer U-Bucht Andalusiens. Es ist warm. Das Wasser umspielt meine Füße, prickelt an der Haut. Vor mir eine lange, spitzkantige Felswand. Wie weit ich es schaffe... Am Kamm angekommen vor mir ein tiefer Spalt. Meine Knie zittern. Ich klettere darüber, um einige Meter weiter eine kleine Einbuchtung im Fels vorzufinden. Fast wie eine hineingemeißelte Bank, ein Aussichtsplatz.

In jenem kleinen Eck ist Windstille. Vor mir das offene Meer. Bis zum Horizont, sonst nichts.

Der Wind peitscht die Wellen gegen die Felswand. Unheimlich und schön zugleich, diese Gegensätze von Schutz und Gefahr. Es betäubt die Sinne. Und macht sie klar. Innere Ruhe. Schwerelos. Neugierde. Und das Gefühl von Ewigkeit.

Es ist wieder Sommer

Ich steh' wieder auf meinen beiden Füßen. Buchstäblich. Im Frühjahr haben sie vorzeitig die Platte und die Schrauben aus dem Fußgelenk entfernt. Dass ich wieder normal laufen kann, hat keiner für möglich gehalten. Es tut noch weh, oft sogar. Und nachts wache ich regelmäßig von den Schmerzen auf. Aber auch das wird vergehen.

Schritt für Schritt. Nach vorn. Nach oben auf der eigenen Lebensleiter. Was soeben noch bodenlos scheint, ist im nächsten Moment schon vergangene Ebene. Trotzdem, ich habe Angst. Bin vorsichtig.

In der Silvesternacht auf der Treppe im Partykeller. Wir saßen eine Weile da. Erzählten. Irgendwie war ich nach dem letzten Sommer in die Clique gerutscht. Auf Partys immer häufiger dabei. Ein Mädchen total in ihn verliebt. Andere hinter ihm her. Er hat damit gespielt. Wie wir alle in diesen Monaten spielten, uns ausprobierten. Auf einer Uni-Fete schlossen sie eine Wette ab, wer es schaffen würde, mich zu küssen. Keiner, er stand gegen mich gelehnt und erzählte es mir, weil er mich eigentlich ganz nett fände. Eigentlich. Und eigentlich hatten wir alle reichlich getrunken.

Unsere Unterhaltung am nächsten Abend war schön. Und so trafen wir uns immer wieder. Bis sie uns jetzt auf der Treppe Luftschlangen um den Hals legen, damit wir uns nur gemeinsam befreien können.

Eine Zeit mit Irrungen und Wirrungen beginnt. Und dann steht die Wohnmobil-Tour an. Vier Jungs quer durch Europa 6-8 Wochen. Ich lasse los, ihn gehen. Fliege mit einem guten Freund nach Spanien. Komme zurück. Räume beiseite, was mich an ihn erinnert. Funkstille. Die Anrufe sind weniger geworden. Dann ruft er an. Wie es mir ginge. Wir erleben einen wunderschönen Herbst und Winter zusammen.

Das Buch

Ich stehe im Buchladen und bin auf der Suche nach dem Buch. Doch wo & wie soll ich das Buch finden?

Meine Blicke schweifen an den Regalbrettern voller Bücher vorbei. Dass sie nicht unter der Last zusammenbrechen. Vor meinem inneren Auge durchstöbere ich die wahrscheinlich nicht existierenden Titelbilder. Einfache Bild-Assoziationen. Manch' einen vielversprechenden Titel ziehe ich heraus – um ihn enttäuscht zurückzuschieben: es war nicht ‚mein' Bild.

Nach einer Weile begreife ich: die Bilder, nach denen ich suche, sind Puzzlestücke eines Gesamtbildes. Das Buch, nach dem ich suche. Doch wer sollte ‚mein' Buch geschrieben haben? Wer ‚mein' Bild in Worten & Geschichten ‚gezeichnet' haben? Wonach suche ich wirklich?
Ist es nicht meine Geschichte, in die ich eintauchen möchte? Sie für einen Augenblick von außen betrachten? Wissen, ‚was los ist'? Ahnen, wie es weitergeht? Die Architektur, die Struktur der Dinge begreifen?

Das Schöne beginnt jetzt

Vor wenigen Wochen aus den USA nach Deutschland zurückgekehrt, wird mir das Alt-Vertraute mit jedem Tag ein wenig fremder. Nichts ist, wie es war. Weil es ist, wie es war.
Neue Eindrücke, Gedanken, Gefühle, gewonnene Lebenserfahrung in der Ferne. Ich habe mich verändert. Und verändere.

In Augenblicken erscheint es mir, als nehme ich das ganze Leben in mir auf. Bilder ziehen vor meinem inneren Auge vorbei, Eindrücke sind seltsam intensiviert. Traurigkeit, Heiterkeit, Sehnsucht nach Alleinsein und Nähe, Fragen, verbunden mit dem Wunsch nach einem Gesprächspartner. Ich begreife langsam den Schmerz der gewonnenen Erfahrung. Nichts hätte befreiender sein können.

Die Menschen um mich herum in ihren Gewohnheiten, ihrem Lebensraum. Aus ihrer Perspektive von Geordnetem, Überschaubarem, Vertrautem blicken sie mir entgegen. Einige möchten selbst raus. Docken an. Lassen sich mitziehen. Springen auf, auf den fahrenden Zug. Reisezeit. Ziel ist das Leben. Unser Leben.

Über das Reisen und die Kunst

Viele erzählen von Abenteuern, von fernen Ländern & Kulturen. Von der Pracht & Vielfalt aber auch der Not der Welt. Andere erzählen von den Reisen, von Bildern, meist in der Kunstwissenschaft. Einige erzählen auch von den Reisen der Künstler. Aber kaum einer erzählt von den Reisen der Kunstwissenschaftler, Sammler und Kunsthändler. Es sind die Reisen zu Bildern. Weil man dieses eine Bild, diese eine Skulptur, dieses eine Bauwerk sehen möchte.

Kunstreisen. Allerorts werden sie zu allen Orten angeboten. Die großen Museen organisieren für ihre Mitglieder exklusive Kunstreisen, meist mit einem Besuch bei renommierten Sammlern verbunden. Manchmal auch zu einem namhaften Künstler ins Atelier.

Ich laufe beim Gespräch über Bilder, Skulpturen, Bauwerke in Gedanken die Orte der Bilder wieder ab. Weiß, wann ich sie wo gesehen habe. Erinnere das Licht, die Stimmung des Tages, oft sogar die Jahreszeit. Den gelegentlichen Besuch bei einem Fachkollegen. Meine gelegentliche Begleitung. Meine Streifzüge durch Städte. Museen und Bauwerke meine Orientierungspunkte. Ich erinnere, wie beim Tanzen, die Wege zu den Werken. Ob sie frei oder eingeengt, hell oder dunkel platziert sind. Ob es kalt oder warm in den Räumen war.

Ich kenne die Entfernung vom Guggenheim Museum zum Metropolitan Museum of Art weiter zur Frick Collection. Weiß wie weiter zum Museum of Modern Art. Das ist New York. Ähnlich geht es mir mit Boston & Cambridge, Berlin, Hamburg, Frankfurt, München, Paris, Neapel und anderen Städten.

Und wenn ich mit jemandem erzähle, sind plötzlich Bilder oder Skulpturen vor meinem inneren Auge. Diese würde ich demjenigen dann gerne zeigen. Manchmal sind es auch Wege, draußen auf die Museen zu oder drinnen die Architektur. Und dann gibt es meine Orte. Bilder oder Räume oder Blickwinkel. Wenn ich da bin und schaue, wird alles ganz ruhig und leicht. Als wenn Raum und Zeit sich auflösen. Dann erfüllt sich etwas. Für mich.

Eines dieser Bilder ist Jacopo de Barbaris Doppelbildnis von Fra Luca Pacioli in Capodimonte, Neapel. Die Galeria Umberto ist einer dieser Orte dort. Und die alte Taufkapelle unten im Dom.
Dann Max Beckmanns Selbstbildnis im Smoking im Busch Reisinger Museum der Harvard Art Museums in Cambridge. Werke aus der Frick Collection in New York. Eine Aufzählung würde zu lang. Jetzt während ich schreibe, werden die Wege und Bilder wach in mir. Und damit auch die Welten, in die ich dann eintauche. Die Melodie der Farben & Formen. Das Schwingen der Komposition.

Kennt ihr diesen Moment, wenn ein Bild, eine Skulptur, ein Raum, ein Anblick, ein Ton, eine Melodie, ein Gedicht, eine Geschichte euch einen neuen Raum öffnet? Als trete man durch eine Türe und wäre mitten in dieser anderen Welt. Geschaffen von anderen Menschen. Nur selten kennt man sie. Es ist die eigenwillige Anonymität der Kunst. Visionen, die uns erreichen. In uns etwas berühren. Uns innehalten und aufhorchen lassen. Uns ein Gefühl von Halt in der Welt geben. Weil diese Utopien möglich sind. Und wir sind Teil des Werkes. Schauen, hören, fühlen; und beginnen wir, das Werk an sich zu erfinden, dann ist es in uns, durch uns. Und wenn wir loslassen, spüren wir welche kreative Energie in uns steckt.

Räume werden zu Rhythmen, die man tanzen kann. Bilder werden zu Fenstern, durch die man klettern kann. Oder wir begegnen in ihnen Menschen, die wir eigentlich nicht kennen, jetzt aber unser Gegenüber sind. Skulpturen werden zu Körpern im Raum, um die wir uns bewegen. Mit denen wir ringen. Die wir umgarnen. Denen wir Raum schenken. Die unseren Raum bereichern.

Jedes mir in Erinnerung gebliebene Bild ist wie ein Gedicht. Die kurze Geschichte die Begegnung, der Umstand des Sehens. Das Hören, die Farben und Formen. Der Raum, wo es hängt und welchen es mir eröffnet. Alles in Bewegung. Ein Schwingen der Elemente – Wort, Ton, Farbe, Raum. ... Sein. Wir sind. Deswegen sind die Werke, was sie sind. Unabhängig davon wer sie erschaffen hat. Auch wann. Jetzt und hier sind sie, in und durch uns.

Warum aber erschaffen wir? Warum schreibe ich? Fotografiere? Tanze? Formuliere meine Gefühle und Gedanken? Und lasse dann meine Texte los, schicke sie raus in die Welt? Zeige mich in der Bewegung mit der Musik?

Es ist wie ein Funke. Der mich berührt. In den Werken anderer. Zumeist aber in Menschen. Dieser Moment Unendlichkeit. Wenn Raum und Zeit aufgehoben scheinen. Jedes Gesetz von geradeaus und Richtung unterbrochen wird. Alles möglich ist. Wir wählen können. Entscheiden müssen. Den Funken aufzugreifen. Durch die Tür zu schreiten. Das Licht und den Raum dahinter sehen. Das Ich des Gegenübers. Eine

Berührung. Die wir spüren, wenn wir sie zu- und freilassen.

Denn es ist auch unser Raum. Der Teil des anderen, der uns entspricht. In uns: Unsere innere Stimme. Wenn wir einmal gelernt haben, sie zu hören, ihr zuzuhören... dann können wir auf Reisen gehen. In ferne Länder und fremde Kulturen. Zu Werken dieser Welt. Dann hören wir der Welt zu. Zurückkehren werden wir zu den Menschen, die wir lieben. Sie sind in unserem Herzen. Und das tragen wir mit uns. Manchmal begleiten sie uns. Stehen neben uns, wenn wir in die Welt eines Bildes eintauchen. Holen uns zurück. Oder kommen gar mit. Dann wird der Dialog zum doppelten Funken: Du und ich – und das Bild. ... Du sprichst. Über das Bild. Die Welt, die es Dir eröffnet. Sprichst zu mir. Mit mir. Fragst mich. Lässt mich erzählen. Hörst zu. Greifst meine Wahrnehmung auf. Erweiterst sie um Deine. Und so sind wir. Jeder für sich. Und doch verbunden. Durch uns. Das Bild. Und die Welt dahinter. Jetzt und hier ist es unsere.

Dafür sind wir gereist. Hierher. Zu diesem Bild. Gemeinsam.

Paris

Paris eine Stadt wie New York. Ähnliche Strukturen in den von Haussmann unter Napoleon III. gestalteten Vierteln. Das Leben beiderorts wohl ganz angenehm mit einem Rückzugsrefugium vom Treiben auf den Straßen. Dann die Passagen, die Passage Jouffroy gewiss eine der schönsten. Schon Walter Benjamin, von diesen begeistert, begann ein ganzes Meisterwerk darüber zu verfassen. Unvollendet durch seinen Tod auf der Flucht vor den Nazis.

Gedanken an einen Freund

Gestern eine Weile alleine in Deiner Wohnung. Aus der Konzentration mein Blick an Deinen Bildern an den Wänden entlang. Bücherstapel, gedankenverloren die Buchrücken lesen. Du gibst Deinen Dingen und Räumen ihre wirkliche Bedeutung.

Notizen an einen Freund – zum 95. des Großvaters

Mein Großvater. 1915 in Berlin geboren, erlebt er die entscheidenden Jahre der Weimarer Republik. Die Aufbruchsstimmung 1925-1929/30 formen seinen Charakter. Am vergangenen Freitag ist er 95 geworden.

Ihm zuhören: inzwischen blind, und doch blickt er auf die Welt. Wenn er schaut, dann weit über alles hinaus oder in sich hinein. Seine Augen bewegen sich, aber sie sehen nicht mehr ‚außen'. Licht, Farbe, Raum, Form, Bewegung, alles ist in ihm.

Ihm bleibt nur, was er von der Welt kennt. Ein eigenwilliges Zusammentreffen von Erinnerung und Wissen, von Erkenntnis. Er spricht von erlebten Orten, gelesenen Schriften, gesehenen Bildern, von getanen und ungetanen Reisen. Er spricht über Menschen oder den Mensch an sich. In kurzen, knappen, präzisen Sätzen, deren Vor- und Nachsätze, deren Zusammenhänge und Bedeutungen man ungesagt verstehen muss. Und alles richtet sich an einem übergeordneten Ziel, an einem großen Ganzen aus.

Die Kinder fragen: was würde er sehen, wenn er wieder sehen könnte? Würde er einen von uns und sich selbst erkennen? Wären wir ihm Fremde, wenn er uns erblicken könnte? Er denkt uns, jeden für sich. In seinem Gedankenraum. Sein Körper ist ihm Sensor der Welt. Wenn er zuhört, sieht man ihm seine Konzentration an. Seine Mimik verrät ihn ein wenig.

Oft möchte er, dass man ihm das ihm Unsichtbare beschreibt.

Ganz genau, Formen, Farben, Material, Komposition. Das Ding an sich. Immer wieder und jedes Mal von einer anderen Seite. Aus einer anderen Perspektive. Aus einem anderen Grund. Er bettet es ein, in seine Welt, in seine Logik.

Heute

Heute schreibe ich meine Geschichte, zeichne mein Bild, baue die Architektur, forme die Struktur: ich lebe & liebe – in jedem Augenblick...

Auf Reisen

Morgens in Frankfurt am Main Hbf – die Sonnenstrahlen dringen durch das milchige Glasdach. Von der Lounge aus kann man die ein- und ausfahrenden Züge beobachten. Dort oben erkennt man die Stahlarchitektur der großen Halle. Im Treiben der Reisenden gehen die historischen Bauten unter. Stattdessen haben die Tauben sie erobert, verleihen ihnen einen seltsam schmuddeligen Charakter.

Paris Nord, New York Central Station, Boston, Philadelphia – gigantische Bauten, entstanden in einer Zeit, da Reisen mit Zeit verbunden war. Massive, ruhige, großzügige Räume, ein fester Ort, von wo es losgeht, wo man ankommt.

Ich halte gerne einen Moment inne, schaue nach oben, entlang der

Gewölbe und Fenster. Oft platziert wie in Kirchen, blicke von der horizontalen Reiserichtung in die Höhe der Beständigkeit und Transparenz. Damals war das Fliegen noch Utopie oder Wagnis.

Die Züge führen uns durch Landschaften, Jahreszeiten, Orte, Kulturen, je nachdem wie weit wir fahren. Und ganz gleich wie schnell die Reisegeschwindigkeit heute ist, es ist ein Ankommen in Etappen, auf Raten.

Von den heute bei Sommeranfang teils schon erntereifen Getreidefeldern hin in eine gerade aufblühende Natur in den Schweizer Bergen. Ich freue mich, bin gespannt.

Nach langer Reise, auf der historischen Bahnstrecke durch fantastische Landstriche bei strahlend blauem Himmel und samtweicher warmer Sommerluft, auf dem Weg in die Höhe. In den Tunneln durch die Felsen mischt sich die kühle Gesteinsluft dazwischen, man riecht es sogar.

Auf den Berggipfeln liegt noch Schnee. Es sind immer wieder faszinierende Ausblicke in greifbar nahe und doch unerreichbare Berg- und Talformationen. Das Wasser der Bergbäche ist türkisblau mit weißen Kronen von der Strömung. An den Bahnstationen hört man die Vögel, es ist ganz still. Das frisch gemähte Gras duftet nach Heu... Und die Ohren knacken – auf gut 1700m bin ich da.

1903 wurde die Strecke eröffnet.

Orte dieser Welt

Wir finden unsere. Nah beieinander und doch weit verstreut. Von Berlin und Frankfurt/Köln über London, Paris, Granada und Lissabon nach Boston, Cambridge und New York. Zwischenstopp in den Schweizer Bergen, der luxemburgischen Schweiz, an der Côte d'Azur und in Vermont kurz vor der kanadischen Grenze.
Und dann gibt es diesen Ort, zu dem nur wir alleine finden können, uns selbst, der dann aber allgegenwärtig ist.

Nach Chicago zu den Mies-van-der-Rohe-Bauten... Wobei der Wunsch seltsam an Bedeutung verliert, momentan. Die Faszination für die Kraft seiner Räume, das Gefühl mich in seiner Architektur zu spüren... Jetzt spüre ich es so.

Längst bekannte Orte – ich entdecke sie neu, lasse mich ein, komme an, und bleibe letztlich doch immer dort, wo ich hingehöre: bei mir selbst. Dann ist der Moment ein Hauch von Ewigkeit, wenn mein Großvater Recht hat, Raum sei nur entschleunigte Zeit.

Wenn es doch noch die Orte des Friedens gibt

Der Supermarkt ist sonntags geschlossen. Trotzdem stehen draußen die Paletten mit Blumen, akkurat aufgereiht, nach Sorte, Größe, Farbe und Preis. Ich bleibe verwundert stehen. Gleich daneben Metallwagen voller Blumenerde.

Die Sommersaison wird erst in einigen Tagen beginnen. Gestern war Sommeranfang. Erste wärmere Sonnentage. Auf der Höhe blühen noch die Frühlingsblumen, im Tal erste Sommerblumen.

Alleine unterwegs, durch Wälder, entlang an Torfwiesen, über Bäche, quer durch Täler. Die Vögel begleiten mich mit ihrem Gezwitscher, einige schauen interessiert, scheu sind sie nicht – zumindest aus sicherer Entfernung nicht.

Schmetterlinge fliegen, kleine in großen Scharen. Sie bilden Formationen wie ein Seidentuch, das vom Wind getragen wird.

Die Sonne wärmt, der Wind wirbelt den Duft der Gräser auf. Manchmal durchmischt von intensivem Blüten- und Harzgeruch. Und dann plötzlich eine kalte Brise von den schneebedeckten Berggipfeln. Gänsehaut, ein Hauch vom ewigen Eis der Gletscher.

Früh

Heute bin ich früher unterwegs – die Kirchenglocken haben mich nach einer unruhigen Nacht aus dem Schlaf gerissen. Die anderen Morgen habe ich sie wohl überschlafen.

Busfahrt von Ort zu Ort quer durchs Engadin. Die Berggipfel wie grüne Smaragde – schillernd im Sonnenlicht, durchzogen von weißen Schneebahnen. Unerreichbar schön. Wolkenformationen türmen sich an einigen Bergen auf. Mein heutiges Ziel: die Corvatsch-Station auf 3303m, liegt noch in der Sonne.

Schnee im Sommer

Es regnet seit der Frühe, mal leicht, nieselnd, mal stärker, fast bindfadenartig, inzwischen ist es auf 4 Grad abgekühlt und es fällt Schneeregen. Wenn sich die dichte Wolkendecke wieder öffnet morgen, könnte es überall recht weiß auf den Bergen sein.

Gestern ist ein Freund hier eingetroffen. Wir sind heute über Maloja ins Bergell gefahren. Dort aus der Gegend kommen wohl die Zuckerbäcker, die ab 1500 nach ganz Europa bis nach Moskau auswanderten und etwa in Venedig zu Berühmtheit fanden. Einer kehrte mit neuem Reichtum zurück und erbaute den Palazzo Castelmur nähe Stampa.

Dezemberabend

Wenn der Lärm der Stadt durchs offene Fenster dringt und ein kühler Lufthauch sich mit der Heizungsluft vermischt. Noch mitten am Tage, es ist schon dunkel. Dezemberabend.

Erleuchtete Büroräume, reflektierende Scheinwerferlichter an den dunklen Fenstern. Lichterspiel, verwirrend grell, moderne Beleuchtungstechnik. Die Kälte lässt die Geräusche ‚klirren'. Die modernen Glasbauten haben Innenhöfe wie Verstärker erschaffen. Den Nebenmann im Nachbarbüro soll man nicht verstehen können. Schalldämpfer an der Wand. Die Unterhaltung 4 Stockwerke tiefer ist deutlich zu hören.

Stundenlang alleine, dann wieder fliegt die Tür auf – einer nach dem anderen kommt & geht. Inzwischen höre ich an den Schritten, wer haltmachen, wer nur vorbeilaufen wird. Es ist dunkel im Glasgebäude. Aber es füllt sich mit Leben.

Gedankengänge

Lichter hängen von der Decke, Energiesparlampen, ein wenig zu grell. Aber so schläft zumindest niemand ein. Orgelklänge durchziehen den Raum. Bach. Die tiefen Klänge sind fantastisch, ich spüre, wie die Töne die Bänke, und so auch mich, leicht zum Vibrieren bringen.

Jeder hat einen eigenen ‚Ton', der im Körper ‚klingt'. Es fühlt sich leicht, wie Raum, in einem an; ein Fließen. Ich habe das früh entdeckt, damals beim Lauschen des Orgelspiels. ‚Mein' Ton ist voll, warm, kirrend rein und blau, irgendwie unendlich, lichtern.

Predigt zur Jahreslosung. Der Pfarrer spricht lebensnah & wohlüberlegt, knapp & klar. Es ist lange her, dass ich einen Gottesdienst vollständig besucht habe. Ich bin mit den unterschiedlichsten Glaubensrichtungen, insbesondere beiden christlichen, aber auch jüdischen Einflüssen, groß geworden.

Die Bibel, eine Sammlung von Geschichten, deren Sinn wir nur selbst erfahren können. Kennen müssen wir die Geschichten dazu nicht alle. Aber sie verstehen, wenn wir sie lesen oder selbst erfahren.

Den Blick absenken beim Beten. Ich erinnere es von meinen Jahren in einer ehemaligen Klosterschule. Das ist mir nie gelungen. Innehalten ist für mich, den Blick nach oben und vorne richten, dem Licht, der Zukunft, dem offenen Raum entgegen.

Auch beim Judo, beim An- & Abgrüßen, mit geschlossenen Augen. Sich öffnen, nicht verschließen. Sich aufrichten, nicht zusammenfallen. Augenblicke der Kontemplation, dieses Strömen durch den Körper spüren, im Fluss mit dem eigenen Atem. ‚Weg' sein. Kein Geräusch, keinen Sitznachbarn mehr wahrnehmen, kein Gedanke mehr. Aber klarstes Bewusstsein... Gefühl pur...

Bleibt alles anders

Seit Tagen höre ich Deine Musik. Deine Texte sind gut. Anders. Klar und doppeldeutig. Spiegeln die Ambivalenz des Lebens. Benennen Freude und Schmerz als eins. Leben und Tod. Heiterkeit & Traurigkeit. Sprechen aus, was Musik und Kunst kann und darf.

Worte, Gefühle und Melodien. Spüren und zugleich vergessen. Schmerz. Fragen. Zuhören. Deinen Songs, Deinen Lebensfragen. Deiner Suche nach Sinn & Halt. Und Deiner Antwort: das Leben nehmen – leben. Jetzt, hier, mit jedem Moment & lieben. Heiter & leicht – wann, wenn nicht jetzt, wo, wenn nicht hier & wer, wenn nicht wir.

Du singst von dieser unauflöslichen Ambivalenz, als sei sie der Ursprung allen Seins.
In Deiner Stimme höre ich Deinen veränderten Blick aufs Leben. Dein Akzeptieren, dass sie und nicht Du vorzeitig gegangen ist. Dich auf eine Reise geschickt hat. Das Leben an sich – Dein Leben.

Lange Zeit ihres Lebens war sie Dein Leben. Hat Dich das Leben leben gelehrt. Dich stark gemacht, gewappnet. Dir Deine Coolness genommen, durch Authentizität ersetzt. Dich spüren lassen, wer Du in ihrem Angesicht bist. Dich mit ihr stranden, an Land gehen lassen.

Und dann begonnen, Dein Boot zu bauen. Sicher, stabil. Das Steuerrad konstruiert. Dich gelehrt, die Sterne zu lesen und vom gleißenden Sonnenlicht des Erfolgs nicht blenden zu lassen.

Ich lasse mich tragen von der Melodie Deiner Songs. Lausche dem Klang Deiner Stimme. Schließe die Augen. Und begreife: Du singst, als sei es jetzt. Hebelst so meine synästhetische Wahrnehmung aus. Hältst mich fest, ziehst mich in Deinen Bann. Ich sehe Dich, weil Ich

Dich spüre im Klang Deiner Stimme.

Live gesehen habe ich Dich noch nie, noch nicht einmal im Video. Einige Fotos, mehr zufällig in Illustrierten, auf Deinen Covern. Aber das bist nicht Du. Es sind Abbilder Deiner selbst, die doch nicht zu zeigen vermögen, wer Du bist. Das kann allein Deine Musik. Und mit Musik hat es diese Eigenwilligkeit, dass sie vergeht im Moment ihres Entstehens. Sie ist nur für den Augenblick des Erklingens und Hörens. Sie ist nur durch uns, in uns. Und so sehe ich Dich. Ohne Bild. Bin mir sicher, wenn Du singst, dann zeigst Du Dich. Entziehst Dich der eigenartigen Starrheit von Fotos, bewegst Dich, folgst dem inneren Weg, blickst. Hindurch. Transzendent im Diesseits. Im Raum der Klänge, der Welt der Melodie. Harmonie in der Dissonanz. Als Lebensgefühl. Das Glück des Moments. Jetzt. Du. Hier. Deine Stimme. Dein Song. Dein Text. Durch mich.

Deal

Gerne würde ich einen mit Dir schließen. Ich schreibe – Du singst. Jeden Tag einen neuen Vers. Ein Stück einer neuen Melodie. Und ich ein paar Zeilen. Erzähle. Dir. Gedanken. Gefühle. Ein Stück Leben. Hier. Jetzt.

Von Unbedeutendem und Bedeutendem

Ein Spaziergang am Karlsruher Schloss. Mein Sohn hat seine Hand in meine geschoben. Mit den Schuhspitzen befördert er immer wieder kleine Steinmengen des Kiesweges vor uns in die Luft. Sein Blick wandert nachdenklich zwischen Schloss, Parkbesuchern, Vögeln auf dem Boden und in den Bäumen – und jenen regelmäßig vor uns her fliegenden Steinen hin und her. Diese Stille und seinen festen Griff in meine Hand kenne ich. Er sucht nach der Kraft, das ihm noch Unfassbare gedanklich zu erfassen. Worte wie König, Diktator, Schrecken, Krieg, Väter, Söhne, Männer fallen. Mitgehörte Gesprächsfetzen werden in eine Matrix, werden Ereignissen, Begriffen zugeordnet. Geschichte soll an Personen festgemacht werden. Noch geht alles durcheinander.

Dann die Frage nach Gut und Böse, nach Richtig und Falsch, nach Perspektive und Bewertung: ein König, der sein Land verteidigt, schickt Väter, Söhne, Männer in den Krieg, um Mütter, Töchter, Frauen im eigenen Land zu schützen. Dürfen dafür anderenorts Männer und Frauen und Kinder angegriffen, ihrer Heimat beraubt werden? Und was ist mit diesem König, der das Schloss baute und in Deutschland Gruppen des eigenen Volks durch das eigene Volk umbringen ließ? Wie können wir heute das schön finden, es bewahren, wie können Familien davor spazieren gehen, Kinder im Schotter spielen? Nein, der König des Karlsruher Schlosses war nicht jener Diktator von dem Du gerade sprichst. Erleichterung.

Richtig, es gab ja viele Könige, bessere und schlechtere.

Subjektivität – Email an einen Freund

Das Leben formt jeden von uns und gestaltet so Biographien und Werke, Lebenswerke. ... Den Dingen einen Sinn geben. Sie in eine Struktur einbinden. Einen Komplex entstehen lassen. Sich selbst immer neu und weiter formulieren. Ausbilden, was Du als Subjektivität bezeichnest.

Und so möchte ich Dir nun antworten: auf Deinen Gedanken eines Coffee Table Books, Deinen Wunsch nach Dialog zwischon Kunstwerk, Autor und Leser. Diesem unsichtbaren Faden einer Idee, einer

Erkenntnis, die jeder – Künstler, Autor und Leser – immer wieder neu finden und erfinden muss, um sie lebendig zu halten. Eine Art Transformation. Ausgehend von einem Subjekt zum jeweils nächsten. Zeitlichkeit. Das Momentane, der Ursprung als immer wieder kehrend neues Ereignis.

Braucht nicht genau diese Metamorphose den subjektiven Standpunkt als Raum von Erkenntnis und Neuformulierung?

Caspar David Friedrichs Sträucher im Schnee. Sie sind – durch und seit Friedrich. Ihre Isolation von allem Wesensmäßigen im Bild fordert das Subjekt, den Betrachter und sein Wesensmäßiges ein. In anderen Bildern tut dies die Rückenfigur. In der Spannung zwischen Konfrontation mit dem Gezeigten. Dem Bild. Und der Identifikation mit der Figur. Die noch mehr sehen kann als wir, die Betrachter des Bildes mit Figur. Und jeder von uns sieht sein eigenes Bild, auch wenn wir alle das Gleiche betrachten...

Alles hat seine Zeit, vielleicht sogar nur seinen Moment. Du fragst, ob sich die Zeit von persönlichen Erkenntnissen nicht bereits einem Ende zuwendet. Digitalisierung und Globalisierung scheinen Subjektivität aufzulösen.

Sind wir nicht inmitten eines ähnlichen Wandlungsprozesses, den Walter Benjamin in seinem Aufsatz zu den Kunstwerken im Zeitalter der technischen Reproduzierbarkeit bereits beschreibt? Jener Starkult der Filmschauspieler, der die Subjektivität des Bühnenschauspielers ersetzt – indem Authentizität, Momenthaftigkeit und Gebundenheit an Ort und Anwesenheit durch reproduzierbare, ewig festgehaltene Bild- und Tonträger abgelöst werden? In allerorts und jederzeit (also auch zu jeder anderen Zeit) rezipierbaren Objekten...

Selbstverständlich war das öffentliche Bild des Stars oftmals ein inszeniertes und kaum Abbild seiner Subjektivität. Und doch: auch dieses brauchte einen Kern, ein Wesen, einen Ort, einen Ursprung, einen Faden, ein Geflecht und eine Zeit. Und den Dialog, der eben nur zwischen Subjekten möglich ist.

Eifel

Ja, Caspar David Friedrich... Als ich Deine Zeilen zu seinen Winterlandschaften das erste Mal las, erinnerte ich mich an die Wintersträucher hier in der Eifel. Schon als Kind liebte ich diese fantastischen Räume in Bildern und der Natur. Wie hier im Müllerthal, wo man die eigene Vergänglichkeit spürt inmitten von über 200 Mio. Jahren alten, fast utopisch erscheinenden Felsformationen aus purem Sandstein, der mit den bloßen Fingern abzubröckeln ist. Die Wege führen durch von Wasser gewaschene Täler.

Und überall Kirchen, kleine Kapellen, Pilgerpfade zu ‚heiligen Orten' – sicher nicht zufällig in einer Gegend, die zugleich unnahbar & schön und rau & unerbittlich sein kann. Zudem ist die Landschaft von den Bunkern der Ardennenoffensive 1944/45 gekennzeichnet. In Clervaux erinnert eine Ausstellung daran, gleich gegenüber von Eduard Steichens „The Family of Men"...

Chronologie der Ereignisse

Eine Chronologie von Ereignissen gibt es nur in uns. Durch uns. Wir verständigen uns über Zeit. Zeiten. Vereinbaren Treffpunkte im Fluss der Zeit. Gemessen an einem gemeinsamen Maß – unserer Zeitrechnung. Und doch sind Zeit, zeitliche Relation, Zeitgedanke, Zeitgefühl immer wieder individuell.

Und daher die Frage: was, wenn die Dinge so wie wir parallel sind?

Wenn die immer wieder kehrenden Begegnungen zwischen Dir und mir nur ein einziger Moment sind? Ein Zeitenkontinuum – und nur der Raum uns unterbricht?

Dann erst macht es Sinn, dass es wichtige und unwichtige Zeiten gibt. Dass Zeitpunkte Zeitenwenden bewirken. Weil zu einer Zeit bislang parallele Dinge zusammengeführt werden. Und so Bedeutung und Kraft gewinnen. Sich nicht mehr im Strom der Gezeiten verlieren. Der Zufälligkeit von möglichen Korrelationen entrissen werden. Und zu diesem Zeitpunkt auch den Raum neu definieren.

Dann sind nämlich wir. Du und ich. Miteinander und beieinander, auch wenn wir räumlich gerade getrennt sind. Dann beginnt unsere Zeit...

Wie wahrscheinlich oder unwahrscheinlich unsere Kollision war, ist daher wohl ein Geheimnis des Raums. Ebenso wie viele andere Kollisionen vorher diesen Weg geebnet, unsere Räume aufeinander zugeführt haben – oder wir uns gegen das Gesetz des Raums doch getroffen haben. Und wie viele andere Kollisionen durch unsere sich nicht ereigneten, wie viele und welche dadurch überhaupt erst zustande kommen.

Liebelaubehoffnung

Laubeliebehoffnung. So steht es in großen Buchstaben auf dem Banner. „Gegessen wird, was auf den Tisch kommt." Die Worte zigfach gelesen habe ich sie unbemerkt anders geordnet. Liebe – Anfang & Ende. Hoffnung ihr steter Begleiter. Ob in einer Laube oder anderenorts... Mitten in einem Frankfurter Neubaugebiet eine romantisch verklärte Vorstellung. Und so sitze ich darin, ein wunderbar anderer Ort. Ein Restaurant. Mit japanisch anmutenden Lampen. Direkt unter den silbrig verkleideten Rohren an der Decke. Bewusst stehen gelassen.

Ein Zitat aus modernisierten Industriebauten.

Es wird mein Ort. Je häufiger ich Dich hier treffe. Wir Platz finden an einem der kleinen 2er-Tische. Platte aus noch immer riechendem Holz. Montiert auf scheinbar chaotischen, schwarzen Metallstangen. Als habe man lange Schilfgrashalme in Metall gegossen. Eine Fußplatte für Stabilität. Zunächst warst Du verwundert über die einfachen Stühle, weiß. Einige aus Holz, andere aus Metall. Mit dünnen Vlieskissen darauf. Dann die offene „Teufels-Küche". Es hat ein wenig von Gottes Werk und Teufels Beitrag. Wenn die Natur der modernen Stadtplanung zum Opfer fällt und ein Ort der Ruhe darin zum Ort der Menschen wird. Ich zumindest mag den ungehobelten Holzcharakter der Tresen und Wände. Hoffe, dass der Geruch bleibt.

Und so sitze ich da. Streiche über die Tischplatte. Coffee Table Book. Hier werde ich meins für Dich schreiben. Und Dir diesen Ort zeigen. Ein Hier und Jetzt mit Dir schaffen. Irgendwann, aber recht bald.

Jetzt aber warte ich auf Dich. Inzwischen magst Du es hier. Vielleicht ist es sogar eine kleine Flucht aus Deiner allzu geordneten Bürowelt, gelegentlich.

Operncafé

Du hast es mir empfohlen, eigentlich waren wir hier verabredet. Doch dann regnete es und ich habe Dich in die Laubeliebehoffnung entführt. Meine Liebelaubehoffung.

Musik, Musik, Musik

Eure Musik. Euer Mut. Eure Stimmen. Eure Texte. Euer Wille. Zu singen. Vom Leben. Und der Liebe.

Ich schreibe. Eure Musik im Ohr. Ich höre Euch, und doch auch nicht. Was ich höre, ist meine innere Stimme. Zeile um Zeile. Gedicht um Gedicht. Kleiner Text um kleiner Text. Ihr tragt mich. Über innere Zweifel. Über schmerzende Erinnerungen. Zurück zu den wunderbaren. Und meinem Mut und meiner Zuversicht. Das Leben ist schön.